恋するシナリオ

いおかいつき

幻冬舎ルチル文庫

C O N T E N T S ✦目次✦

恋するシナリオ

✦イラスト・緒田涼歌

✦カバーデザイン＝久保宏夏（omochi design）

✦ブックデザイン＝まるか工房

恋するシナリオ

プロローグ

二十歳で俳優デビューして五年、ついにこの日がやってきた。椋木《くらき》海知《かいち》はマネージャーの松本《まつもと》から渡された企画書を興奮して震える手で握りしめる。

そこに記されているのは、来年春に放送予定の連続ドラマの企画内容だ。主演、椋木海知という一行は、何度見返しても興奮で胸が高鳴る。

これまでにもドラマ出演は幾度となくしてきたが、一番出番が多くて準主役クラスだった。役者をしている以上、いつかは主役を演じてみたいとずっと願っていた。ついにその夢が叶《かな》ったというわけだ。

「おめでとう。やったね」

「ありがとうございます」

運転席からの松本の祝いの言葉に、海知は見てもらえないことを承知で後部座席で深く頭を下げた。

仕事先に向かうため、海知が一人で暮らすマンションまで松本が迎えに来てくれて、そのまま車で送られる途中のことだった。

「これも松本さんのおかげです」

海知の言葉には実感が籠《こ》もる。主役の座を勝ち取れるようになったのには、事務所の力がかなり作用しているが、それ以上に松本の手腕によるところが大きかったはずだ。

松本が海知のマネージャーになったのは、今から二年前、海知が伸び悩んでいる時期だった。百八十二センチの長身にほどよくついた筋肉、嫌みがない程度に整った顔立ちは爽やかさと清潔感を与える。ルックス的には売れる要素は充分だと言われながらも、ブレイクするきっかけが摑《つか》めずに、ずっとドラマでも映画でも四番手五番手の役所が続いていた。

だが、それも松本がマネージャーについてから変わった。三十七歳の松本は、マネージャー歴十五年のベテランだ。常にスーツで眼鏡《めがね》をかけている様は、まるでエリートサラリーマンのようで、実際、物腰は柔らかいのにやり手だと業界内でも評判らしい。

その松本がマネージャーになった途端、格段に海知の露出が増えた。しかも話題作が多く、これまで知らなかった層にも海知を知ってもらうことができ、人気も急上昇してきた。雑誌が企画したイケメンランキングでも上位に入るようになったのだ。

松本を自分の担当にと、同じ事務所所属の他のタレントが何人も言っているらしいのに、海知の担当になったのは、それだけ事務所側が海知を本気で売り出そうとしているからだ。期待へのプレッシャーも大きかったが、だからこそ休みのないスケジュールでも頑張れた。

「確かに周りの人たちのおかげもあるだろうけど、これまで海知くんがこなしてきた仕事の一つ一つが今に結びついてるんだよ。君が結果を残してなければ、いくら僕たちが売り出そうとしても無理だからね」

海知のところには声だけしか聞こえてこないが、松本はきっと優しい笑みを浮かべているに違いない。名マネージャーだけあって、松本はタレントを乗せるのが上手《うま》く、見事にその気にさせてくれる。海知にはもったいないくらいのマネージャーだった。

「海知くん、もしかして、さっきからちっともその先を見てなかったりする？」

松本の言葉を受けて、海知は改めて企画書に目を落とした。松本に指摘されたとおり、主演の文字に浮かれて、他が全く目に入っていなかったのだ。

「もう一つ、君にとってはかなり嬉しいことが書いてあるよ」

「えっ、どこ？」

紙面に視線を走らせて、松本が指摘する箇所を探す。企画書の一枚目にはドラマのタイトル『ブラザーズ（仮）』と放送予定枠、それに主演の海知の名前と相手役の女優、南《みなみ》のぞみの名前が記されているだけだ。

次のページにあるのかと一枚めくってみると、次はドラマのおおよそのストーリーが紹介されていた。このドラマは一人の男とその恋人が結婚式を挙げるまでを、男の家族の話を軸にして進められる、恋愛がメインなのではなく、ホームドラマのほうに主点を置いた話となっていた。

海知は父親と男ばかりの三兄弟の末っ子役だ。主な出演者は他に父親や兄二人、それに恋人がいる。そのページの最後には出演予定の役者の名前が記されている。

「蓮見《はすみ》さんだ」

弾んだ声で海知は目にした名前を読み上げた。松本が嬉しいことがあると言ったのは、このことなのだとようやくわかった。

蓮見裕《ゆたか》はキャリア十年の俳優で、海知よりも年は七つ上だが役者としては五年だけ先輩になる。だが、実力は雲泥の差だ。卑下するわけでなく、そう認めざるを得ないのだ。

蓮見の演技力は業界内に留《とど》まらず、広く世間にも演技派として知られているほどだ。著名な映画監督たちの出演依頼もひっきりなしだと聞いている。海知も初めて蓮見の芝居を見たときには衝撃を受けた。正確に言えば二作目を見たときだ。一作目の役の面影は一切なく、最初は別人だと思ったくらいだった。それから蓮見の出演作を急いで掻《か》き集め、全て見た結果、海知にとっては蓮見は最も尊敬する役者になった。

その蓮見の名前が長兄の配役に記されている。海知が興奮するのも無理はなかった。ずっと共演してみたいと、間近で演技を見てみたいという海知の願いがついに叶えられたのだ。

「やっと念願が叶ってよかったね」

ようやく蓮見との共演を理解した海知に、松本が温かい言葉をかけてくれる。海知が蓮見を尊敬していることはよく口にしていたし、共演のチャンスがあれば必ずその仕事を引き受けてほしいと要望していたから、主演で浮かれる海知に、その事実を早く気付かせてやろうと教えてくれたのだろう。

「兄の役なら一緒のシーンも多いのかな？」

まだ台本もできていないのに、海知は想像してワクワクする気持ちが抑えきれない。

「どうだろう。なんならプロデューサーに頼んでみる？」

「そんな偉そうなことできないよ」

松本の提案を海知は苦笑いで断った。初の主演でワガママを通そうとするほど、海知は思い上がれる自信はない。

「あ、もう一人の兄貴は国木田《くにきだ》さんなんだ」

「今気付いた？」

松本に含み笑いで指摘され、海知はそれだけ蓮見の名前しか見えていなかったことを思い知らされ気恥ずかしくなる。蓮見と国木田哲平《てっぺい》の名前は並んで記されているのに、すぐには目に入らなかったのだ。

「今のこと、国木田さんには内緒にしといてよ」

「了解。国木田くんなら現場のムードメーカーになってくれそうだからね。撮影前から機嫌を損ねることはない」

国木田とは過去に何度か共演経験があり、プライベートでも食事に誘ってもらったりする仲だ。海知よりも四つ年上だが、気取らず偉ぶらず面倒見のよい国木田は、事務所を問わず悩みを聞いてくれたり、売れない若手には食事をご馳走してくれたりする。

「それに父親役が岸井泰三《きしいたいぞう》、相手役に南のぞみだよ？　これ以上ないくらいに豪華な共演者だ。話題性には事欠かないね」

「俺が主役ってことが、一番話題にならなさそう」

共演者のネームバリューが凄《すご》すぎて、今から既《すで》に海知は気後れしていた。蓮見も国木田も主役になりうる役者だし、岸井に至ってはテレビドラマには滅多に出ない、映画界の大御所だ。唯一、南が自分よりもキャリアは浅いのだが、有名アーティストを父に持っているという点で、他の新人役者たちとは注目度が違う。

「このドラマって、もしかして、局がものすごく力を入れてたりする？」

自分以外のそうそうたるメンバーを見て、海知はそう判断するしかなかった。そうでなければ、ここまで豪華な役者を揃《そろ》える必要がない。

「かなりね。放送時間帯をよく見てごらん。帝都《ていと》テレビのこの時間はもう何年もバラエティだったんだよ」

「ホントだ」

海知はすぐに理解した。放送時間は日曜午後八時スタートで、裏番組には長年高視聴率を誇る時代劇があり、これまで他局はドラマをぶつけるのを避けていた。だが、バラエティでも視聴率が奮わないため、それならと思い切った方針の転換を図ることになったらしい。その第一弾に海知が主演になる。

「その主演が俺？」

問いかける声が緊張で震える。さっきは興奮で声が震えたが、今度は違う。そんな大役を任されたことへのプレッシャーから来る緊張が、海知を身震いさせていた。

「だからこそ、新鮮さが欲しかったみたいだね。知名度がありながらも、単発でも主役経験のない役者を探してたそうだよ」

「そう考えるとすごくラッキーだったんだ。少しでもタイミングが違ってたら、俺じゃなかったってことだよね？」

少し前なら海知の知名度もまだ今ほどではなかったし、もう少し後なら新鮮みがなくなっていたかもしれない。番組改編は海知にとってまさに最高のタイミングだった。

「運も実力のうち。この仕事をしてると、本当にそう思うよ」

何人ものタレントを担当してきた松本の言葉には実感が籠もっている。

実力があっても日の目を見ない役者は少なくない。容姿に恵まれないとか華がないとか、そういったはっきりとした理由がなければ、もう運としか言えなくなる。だから、その運を引き寄せる力があるのも、実力のうちだと松本は言いたいのだろう。

松本がそこまで話したところで、車はスタジオの駐車場へと入っていく。今日は朝から夜中まで収録スタジオに籠もり、ドラマ撮影の予定だ。ここでの海知のポジションは三番手で、出番もかなり多い。

「道が空《す》いてたから、ちょっと早く着きすぎたね」

駐車場に車を止めた松本が、腕時計で時刻を確認して呟《つぶや》く。

「遅刻するのに比べたら、待つほうが全然マシ。楽屋で時間潰《つぶ》してるから、松本さんも何か用があったらそっち行ってくれていいよ」

スタジオで撮影をするだけなら、マネージャーがいなくても問題はない。松本ほど優秀なマネージャーをただ待機させているのがもったいないことくらい、海知でもわかることだ。

「そう言ってくれると思ったから、はい、これ」

松本が助手席から青いビニール袋を手にして、海知に差し出してきた。

「時間を潰すのにちょうどいいと思うよ」

そんな説明を受けながら海知が袋の中を覗《のぞ》くと、半年前に劇場公開された映画の新作ＤＶＤが入っていた。はっきりと半年前のものだと言い切れるのは、それが蓮見の出演作で海知は映画館に足を運んで見ていたからだ。

「もう出てたんだ」

「店頭に並ぶのはもう少し先だけど、そこは業界のコネでね」

「サンキュー。これで待ち時間も退屈しないですむよ」

海知はＤＶＤをバッグにしまうと、自らドアを開けて車を降りた。もう二カ月も同じドラマの撮影で通い慣れたスタジオだから、松本に案内されるまでもない。海知は松本を車に残し、一人でスタジオ入りをした。

収録開始時刻までまだ一時間以上もあるが、その間に衣装に着替えたりメイクを済ませたりしておかなければならないから、実質的な待ち時間は三十分ほどになるだろう。それでも海知は楽屋に入るなり、テレビの電源を入れた。

ここの楽屋のいいところは、各部屋にDVDプレーヤーが備え付けられていることだ。松本もそれを分かった上でDVDを渡してくれたに違いない。

DVDをセットしてから海知はソファに座った。一度は見ていて、どの辺りで蓮見が登場するか知っているから、そこまでは早送りでもよかった。

この映画でも蓮見の出番はさほど多くない。誰もが認める実力派なのに、実は蓮見には主演経験がないのだ。蓮見に限ってオファーがないとは考えられない。何か理由があるのだとしたら、今回の共演で知ることができるかもしれない。

近い将来のことに思いをはせていた海知の手が止まる。画面にようやく蓮見が現れた。

短いシーンでも蓮見の芝居は全て印象に残る。かといって出しゃばっているわけでも、悪目立ちしているわけでもない。海知が見た他のどの作品とも違う蓮見がそこにはいた。何度見ても凄いというありふれた感想しか出てこない。

早く共演したい。半年先の依頼を待ちきれない。海知は改めてそう思った。

1

真冬に春のドラマを撮影するのはよくあることだ。海知が初主演する四月スタートの新ドラマも、一年でもっとも寒い二月から本格的に始めた。

二月に入ってすぐ、共演者、制作スタッフが一堂に揃って顔合わせが行われた。場所は制作局である帝都テレビの会議室だ。

「台本は読んできた？」

「当然。ってまだ覚えられてはないけど」

テレビ局の廊下を松本と並んで歩きながら、海知は照れ笑いを浮かべて答えた。

「そこまでは誰も求めてないよ。台本ができてきたのは昨日なんだから」

「正直、もう間に合わないんじゃないかと思ってた」

「あの先生ならギリギリでも間に合ってよかったと思わないとね」

この業界に長くいる松本の言葉には真実みがあった。

松本にここまで言われながらも制作側がおとなしく待っているのは、『あの先生』が売れっ子の人気脚本家、浅沼良和《あさぬまよしかず》だからだ。名前の売れている脚本家は数少ない。その中でも浅沼は最も視聴率を稼ぐ男と言われているから、脚本の依頼はひっきりなしだ。今回も本当は多忙を理由に一度は断られていた。だから他の脚本家に依頼していたのだが、急に予定が空《あ》いたと言って引き受けてくれたらしい。それまで作業を進めていた脚本家には気の毒だが、この業界では珍しいことではない。海知にも決まりかけていた役を他に持って行かれた経験があった。悔しくてもそのときの自分に力が足りなかったのだと思うしかない。

「でも、待たされた甲斐《かい》があったんじゃない？」

「すっごく面白かった。これがどう展開していくのか、すごく気になるよ」

海知は少し興奮した口調で感想を語る。連続ドラマだから続きが気になるような終わり方をしているのは当たり前なのだが、先の予想がつかない。

台本が上がってきて、ようやく自分の詳細な役柄もわかった。海知の役名は保坂真三《ほさかしんぞう》。実年齢と同じ二十五歳の生真面目《きまじめ》な区役所員だ。銀行の窓口で働く一つ年上の恋人がいる。それが南のぞみの役になる。

「俺と南さんだけまともな役ってのもおかしいよ」

台本を思い返した海知の口元には笑みが浮かぶ。男だけの家族なのは最初の企画書でわかっていたが、その設定が変わっていた。長男は放浪癖のあるフリーター、次男は人気ホストクラブのナンバーワンホスト、そして父親が頑固一徹の元刑事だ。この設定だけでも生真面目な三男が家族に振り回される様が目に浮かぶ。

「でも、これだと蓮見さんの出番がほとんどないんだよな」

つい残念そうに呟いてしまい、松本に笑われる。放浪癖があるという設定だから、長男は常にどこかを旅していて姿を現さない。台本の上がった第一話でも、唯一の出演シーンは電話だけだ。待ちに待った共演だっただけに、海知は落胆を隠せなかった。

「そのうち本格的に登場してくるよ。そうじゃなきゃ、役を作った意味がない」

「そりゃそうだろうけど……」

「楽しみは先に取っておくもんだよ。ほら、監督が来た」

松本が素早く視線で海知にその居場所を教えてから、頭を下げている。海知もそれに倣《なら》いお辞儀をした。

「いよいよだな」

足早に近づいてきた監督が海知の肩を激励するように力強く叩いた。

「痛いですよ、大沢《おおさわ》さん」

海知は大袈裟《おおげさ》に顔を顰《しか》めて抗議した。今回のドラマの監督である大沢とは、海知が役者デビューしたての頃に世話になったことがある。端役でしかなかったのに、大沢はその後も海知を見かけるたびに声をかけてくれていた。

「お前が主役とはな。出世したもんだ」

「大沢監督のおかげです」

すかさず横から松本が如才ない言葉を挟む。大沢が監督したドラマに海知が出ていた頃は、松本はまだ担当マネージャーではなかったのに、ちゃんと頭に入っているところが敏腕と言われる理由の一つでもあるのだろう。

「しっかり頼むぞ」

「頑張ります」

今の海知にはそう答えるしかなかった。俺に任せろと言えるほどの自信もキャリアもない。だからその分、言葉に力を込めた。

「もう皆さん、お集まりですか？」

立ち話もなんだと会議室に向かって歩き出してから、松本が大沢に尋ねた。

「いや、役者陣では海知が一番乗りだ。俺がトイレに出てくる前には誰も来てなかった」

「ちょっと早く来すぎましたね」

海知と松本は顔を見合わせる。常に時間の余裕を持って行動するようにはしているが、今日は一段と早かった。そうしてくれと海知が頼んだのだ。

「それだけ海知の気合いが入ってるってことなんだろ？」

大沢にずばりと見抜かれ、気恥ずかしさから海知は照れて笑う。

けれど、自分をよく知ってくれている大沢が一緒の現場でよかった。今日は顔合わせだけだと聞いていたのに、昨日から妙に落ち着かず、朝からはずっと緊張もしていた。大沢に会ったことで適度にリラックスもできたし、何より心強い。

会議室に到着すると、既に揃っていたスタッフたちから口々に挨拶《あいさつ》をされる。これまでにもスタッフから冷遇された覚えはないのだが、主役になったから皆の態度が変わったように感じた。一目を置かれているとでもいうのだろうか、言葉以外の態度や雰囲気がそんなふうに感じられた。

「椋木さんはこちらにどうぞ」

ＡＤの女性に案内され、海知はロの字形に配置された長テーブルの一席に座った。全員が顔を見合わせられる形でテーブルは配置されていて、それぞれの席には周りに見えるように名札も置かれていた。名札を見ると海知の両隣は南のぞみと岸井泰三だった。妥当な席順だが気になるのは蓮見の場所だ。海知が視線で探るとちょうど正面の席に国木田と並んで配置されていた。

「じゃ、僕は外で待ってるから」

そろそろ役者が集まり始めたのを見て、松本が座っている海知に耳打ちしてから部屋を出て行った。その仕事が長引くときには松本も先に帰ったりするのだが、今日は顔合わせの後にも別の収録があった。そういうときは不測の事態に備え、待機することになっている。

「おはようございまーす」

明るい声で挨拶しながら部屋に入ってきたのは、次男役の国木田だ。海知とほぼ変わらないくらいの長身で、派手な顔立ちながら人好きのする笑顔を持ち、それでいてセクシーなタレントランキングでベストテンに入る色気も持ち合わせている。ホスト役にぴったりというのは褒め言葉にはならないだろうが、見事なキャスティングだ。

どの現場でもムードメーカーになる陽気な国木田は、今回も顔見知りの役者やスタッフに声をかけながら賑《にぎ》やかに席に着いた。

これで役者で揃っていないのは、蓮見と岸井だけだ。海知の右隣には既に南も座っている。

予定されていた時刻までもう残り五分を切った。共演経験のない蓮見と岸井には、個人的に挨拶しておきたかったのだが、どうやらそれは無理そうだ。開始時刻を間近に迎え、室内は急に慌ただしさを増す。だから隣に岸井が座ったときも、間を塞《ふさ》ぐようにスタッフが立っていて、まともに顔さえ見られなかった。蓮見に至ってはいつ来たのかさえわからない有様だ。

「それでは時間になりましたので、四月九日スタートの新ドラマ『ブラザーズ』の初顔合わせを行いたいと思います」

番組プロデューサーの友永《ともなが》の挨拶から、顔合わせが始まった。企画趣旨や意気込みが友永や大沢から語られた後、いよいよ海知たち役者の紹介に移る。

「主演、保坂真三役の椋木海知さんです」

初めてこういった場で真っ先に名前を呼ばれ、海知は緊張しながらも誇らしい気持ちで立ち上がった。

「主演は初めてで何かとご迷惑をおかけすることもあるかと思いますが、精一杯頑張りますのでよろしくお願いします」

そう言って深く頭を下げると、暖かい拍手が周囲から沸き起こる。共演者が先輩ばかりだから受け入れられるか心配していたのだが、隣から聞こえる岸井の拍手の音も大きくて、海知は安堵《あんど》した。

顔を上げた海知の視線の先に、テレビやスクリーンの画面でしか見たことのない蓮見がいた。普通なら立っている海知を見ていそうなものだが、蓮見は下を向いて台本に何かを書き込んでいる。今の段階でその必要があるとは思えず、海知は首を傾《かし》げながら再び椅子に腰を落ち着けた。

「続いて、真三の婚約者、遠山郁美《とおやまいくみ》役の南のぞみさん」

次々と順に出演者が紹介されていく。皆、立ち上がって一言挨拶するだけだから、時間などそうかからない。あっという間に蓮見の順番が回ってきた。

「保坂家長男、真《まこと》役の蓮見裕さんです」

友永から紹介された蓮見が、幾分、億劫そうに立ち上がった。海知より七つ年上の三十二歳のはずだが、外見はかなり若く見える。童顔というわけではないのだが、かなりの細身のせいで百七十センチはあるはずなのに小柄に感じられるからだろうか。それにパーカにジーンズというラフな姿も、二十五歳の海知とそう変わらなく思わせた。

柔らかそうな栗色の髪は肩に着くほどで、前髪も切れ長の目を覆うくらいに長くなっている。つい最近に見たドラマからはかなり髪が伸びているのは、今回の役柄に合わせているのかもしれない。

蓮見が口を開くまでの一瞬で、海知はそこまで考えた。蓮見への思い入れの強さが、ついついいろんな想像を働かせていた。

「俺は出番が少ないみたいなんで、あまり会うことないかと思いますけど、よろしくです」

蓮見は飄々《ひょうひょう》とした口調でそう言い放つとぺこりと、小さく頭を下げて椅子に座り直す。

あまりにも予想外の挨拶に、海知は呆気《あっけ》に取られ、ただ蓮見の顔を見つめるしかできなかった。だが、同じような反応だったのは隣にいる南だけで、後はまたかというふうに苦笑いをしているくらいだった。海知と南には蓮見との共演経験はないが、他の人間からすれば蓮見の態度は珍しくないことなのかもしれなかった。

そんな小さな海知の戸惑い以外、さしたる問題もなくすぐに全員の紹介が終わった。最初の友永の挨拶から一時間も経《た》っていない。

「今日は顔合わせだけですので、これで終わりとなります。本読みは明日からです。今日と同じ時刻にまたこの場所にお集まりください」

締めの挨拶もまた友永が行った。誰もがこれで終わりだと席を立ちかけるのを、決して大きくはないのによく通る声が遮った。

「マジで顔合わせだけだったんだ？」

誰の声なのかは確かめるまでもない。蓮見がゆったりと腰掛けたまま、呆《あき》れた口調で友永に問いかけていた。

「えっと、そうお話ししていたはずですが……」

友永が同意を求めるように周囲を見回す。確かに海知もそのように聞いていたから、この後に別の仕事が入っているのだ。聞いていなかったのだろうかと、海知だけでなく他の役者たちも不思議そうな顔で蓮見を見つめる。

「うん、そう聞いてたけどさ、まさかホントにそれだけとは思わないじゃん」

蓮見の言葉には明らかな不満が籠もっている。そういえばさっき台本に何やら書き込みをしていた。もしかしたら、あれは少しでも早く作品に入りたいという意気込みの表れだったのだろうか。

「これだけなら何も今日にしなくてもよかったんじゃないの？　明日纏《まと》めてすれば、出てくるのが一日で済んだのに」

さすが蓮見だと海知が感心した瞬間だ。あっさりとその幻想を打ち砕く言葉を蓮見が口にする。最初の台詞《せりふ》は仕事への熱意からではなく、ただ外出が面倒だからという理由だった。しかも蓮見はそれを平然と人前で言い切った。海知が抱《いだ》いていた蓮見のイメージが、音を立てて崩れていく。

「まあまあ、蓮見さん、出てきたついでに買い物でもして帰ったらどうです？　普段、出不精なんだから、こんな日の高いうちに外に出てることなんてそうないでしょ」

誰もが呆れて何も言えないでいる中、笑いながら取りなしたのが国木田だった。ちょうど隣に座っていたから、声もかけやすかったようだ。それに国木田の態度からすると、蓮見とは親しくしていることもわかった。

「まあ、そうするけどさ」

蓮見の注意が国木田に移った。隣同士で顔を見合わせて会話しているなら、もう自分に用はないだろうとばかりに、友永がそそくさと部屋を出て行く。

それを合図に今度こそもう終わりだと役者やスタッフたちが帰り支度を始める中、海知の耳は二人の会話に集中していた。意図的にゆったりとした動作で立ち上がり、さりげなく二人に近づいていく。その後ろにドアがあるのだから、不自然ではない。

「それにしたって、呼び出しといて一時間で終わりってのはどうよ？」

「打ち合わせだけとかしたことないんですか？　別に珍しくないでしょ」

年下の国木田に諭《さと》されている蓮見の表情を盗み見ると、さして気にしたふうもなく、むしろ会話を楽しんでいるのか笑顔だった。

「それに、みんな、忙しいんですよ。仕事をセーブしてる蓮見さんとは違ってね」

また驚かされる言葉が耳に入り、海知はついに足を止めてしまった。これでは会話を盗み聞きしているのがばれてしまいそうだが、どうしても気になってその場を離れられない。一体、蓮見はどんな人間なのか。それが知りたかったのだ。

「セーブしてるんじゃなくて、これが俺のペースなの」

蓮見はそう答え、国木田の言葉を完全には否定しなかった。つまりは仕事量を減らしているのは事実ということだ。

ずば抜けた演技力で業界内でも評価は高いのに、蓮見の出演作品が少ないことは海知も気付いていた。だが、それは蓮見ほどの実力者なら仕事を選ぶこともあって当然だと、勝手に思いこんでいた。

「さてと、それじゃ、仕事のない俺は買い物にでも行きますか」

ついさっきまで渋っていたくせに、蓮見はもうそのことを忘れたかのように席を立つ。

「じゃ、お疲れでーす」

誰にというわけではなく、室内に残っていた人間にそう言い残して、蓮見は海知の前を素通りして去っていった。

尊敬する蓮見に初めて会えると、海知はどうやって初対面の挨拶をするかをずっと考えていたのに、個人的な会話をする間など一切なかった。おまけに蓮見が海知に対して、全く興味を持っていないのも、素通りされて気付いてしまった。

「どこでも変わらないね、彼は」

いつ移動してきたのか、岸井が国木田のそばに立ち話しかけた。大先輩だから国木田も即座に立ち上がる。

「お久しぶりです」

「一年ぶりかな。活躍はよくテレビで見させてもらってるよ」

「ありがとうございます」

国木田と岸井が共演した映画で、海知が知っているのは一本だけなのだが、そうとは思えない親しさを感じさせる。そして、それは国木田だけではなかった。

「彼の場合は君と違ってあまり見かけないんだが……」

「変わってないでしょう？　ある意味、あれが蓮見さんの持ち味なのかもしれませんけど」

「あれでこの業界でやっていけるのが凄い」

そう言う岸井の口調からは蓮見への反感は感じられない。岸井と蓮見が共演した映画は今から二年以上も前のものだ。当時はかなりの話題となり映画賞も総なめにしていた。海知は何度も映画館に足を運び、感動した後にこのスクリーンの中に一緒に入っていたかったと強く思った作品だった。

「蓮見さんだと、不思議と憎めないんですよね」

「全くだ」

二人は愉快そうに笑う。だから、会話がそこで途切れた。海知はその隙《すき》に岸井の背中に声をかける。最初にできなかった挨拶をしておきたかった。

「岸井さん」

「ああ、椋木くんか」

呼びかけに岸井は大御所らしからぬ気さくな笑顔を向けてくれる。

「ご挨拶が遅れて申し訳ありません」

「いえいえ、こちらこそ、ギリギリに到着してしまって申し訳なかったね」

「岸井さんでギリギリだって言うなら、蓮見さんなんか遅刻ですよ。廊下で待ってたじゃないかってくらい、開始時間ジャストだったんですから」

隣にいた国木田が、初対面の海知と岸井の間を取りなすように、冗談で割って入ってきた。

海知は気付いていなかったのだが、蓮見が顔合わせにやってきたのは出演者スタッフ合わせた中で一番最後だったようだ。

「君のことは勉強熱心で真面目な青年だと国木田くんから聞いてるよ。確かにそんな印象だ」

「そうそう。蓮見さんとは正反対」

海知が何か言う前に、また国木田が茶々を入れる。蓮見を話のオチに使うのはよくあるらしく、岸井も咎《とが》めることなくただ笑って聞いている。

「これから三カ月間、よろしくお願いします」

やっと個人的に挨拶できた。海知が頭を下げると、二人分の吹き出す声が頭上で聞こえる。

「本当に蓮見くんとは対照的だ」

「でしょう？」

この場にいない蓮見がさっきからずっと話題の中心だ。それだけ蓮見の印象が強いということなのだろう。一時間ほどしか一緒にいなかった海知にも、強烈な印象を残している。

「お二人は蓮見さんとは親しいんですか？」

国木田と岸井からは蓮見に対してただの共演者以上の親しさが感じられ、海知は尋ねずにはいられなかった。

「俺は元同じ事務所」

「今のとこに蓮見さんもいたんですか？」

国木田とは数年前からの知り合いだが、事務所を移ったという話は聞いていないから、蓮見がかつてそこに在籍していたと考えるほうが自然だ。国木田は問いかけにそうだと頷《うなず》く。

「私はね、ゲーム仲間なんだよ」

意外すぎる言葉が岸井から飛び出し、海知は啞然《あぜん》とする。日本映画界の重鎮と呼ばれる岸井の口から、まさかゲーム仲間などと聞かされるとは夢にも思わなかった。

「蓮見くんと初めて共演した映画の撮影で、待ち時間がとにかく多くてね。そんなとき蓮見くんが私をゲームに誘ってくれたんだよ」

当時のことを思い出しているのか、岸井はどこか懐かしそうな表情で語った。

それまで岸井はゲームなどしたことがなかった。そんな岸井に携帯ゲームを差し出し、蓮見は一緒に戦おうと誘ったのだと言う。そのゲームどころか機器の操作すら知らなかったのに、蓮見に辛抱強く教えてもらったおかげで、撮影が終わる頃にはすっかり夢中になっていたと岸井は恥ずかしそうに打ち明けた。

「あらかじめ現場に二台もゲーム機を持ち込むあたり、初めから一緒にする相手を探すつもりだったんでしょうね」

「私がその網に引っかかったというわけだ」

「よっぽど暇そうに見えたんじゃないですか？」

失礼ともとれる国木田の言葉にも、岸井は穏やかな笑みを浮かべているだけだ。

国木田の接し方を見ていると、画面で見るとのは違い、岸井は気さくで寛容な性格のように感じる。もっともそれは今の姿を見ているからそう思えるが、初対面の蓮見がよく岸井をゲームの相手に誘ったものだ。怖い物知らずなのか、ただの礼儀知らずなのか、蓮見の印象が全く定まらない。

「あれ、海知のマネージャーじゃなかった？」

不意に国木田が視線を海知の後ろに向けて問いかけてくる。海知がその視線の先に振り返って目を遣《や》ると、ドアを開け放した出入り口から松本が中の様子を窺《うかが》っていた。

「やばっ、飛び出しだったんだ」

海知は腕時計で今の時刻を確認して焦った声を上げた。顔合わせが一時間で終わる予定で、そのすぐ後に別の番組の収録が入っていたのだ。そのために松本が外で待っていてくれたのに、岸井たちに気を取られてすっかり忘れていた。

「やっぱり仕事が入ってた？」

「映画の宣伝でバラエティに呼ばれてるんです」

国木田の質問に海知は苦笑しつつ答えた。海知が出演している映画がもうすぐ公開される。主役ではないのだが、準主役クラスの役だからか、連日、こういった宣伝番組への出演や雑誌の取材が続いていた。

「売れっ子は忙しいね」

国木田の口調はまるで他人事《ひとごと》だ。さっき蓮見にああ言ったのだから、てっきり国木田も他の仕事が入っているとばかり思いこんでいた。

「国木田さんもですよね？」

「いいや、俺は蓮見さんと同じで、これだけで出てきてるんだよ」

国木田はそう言ってニヤッと笑った。

顔合わせが本当に顔合わせをするだけで終わるのは、そうあることではない。誰かのスケジュールの都合でそうなったと考えるのが自然だ。それが海知だとまでわかっていたかは不明だが、国木田はその誰かを気遣って、蓮見にあんなふうに言ってくれたのだろう。

「頑張って映画の宣伝をしてらっしゃい」

後輩思いの優しい先輩にバンと背中を押され送り出される。海知は勢いで数歩進んだところで足を止め、国木田と岸井の二人に別れの挨拶をしてから松本の元に急ぐ。

「お疲れさま」

「ごめん。忘れてた。間に合うかな？」

「余裕だよ。この局内で収録だからね」

そう言いながらも自然と早足になるのは、本当はあまり余裕がない証拠だ。いつもの松本ならここまでタイトなスケジュールは組まないのだが、バラエティ番組からの急なオファーに対し、ドラマスタッフが融通を利《き》かせることで海知の出演が決まったという裏があった。

「蓮見さんの今の事務所ってどこだっけ？」

松本と並んで歩きながら、海知はふと思い出して尋ねてみた。業界のことなら松本に聞くのが一番早い。

蓮見の出演作なら順番に述べられるほど詳しくても、それ以外のことはほとんど何も知らなかった。所属事務所もそうだが、どういった経緯で役者になったのかさえ知らない。

「確か、オンザビートだったはずだけど？」

どれだけのタレントの所属事務所を把握しているのか、松本は考える間もなく、すぐに中堅どころの芸能事務所の名前を口にした。

「あそこって、かなり自由らしいね」

海知はそう言ってから、さっき聞いたばかりの蓮見のことを松本にも話して聞かせた。

「そうなんだ。初耳だけど、うちは無理だから。特に君は今、一番大事なときだしね」

「わかってますよ」

珍しく慌てたように釘を刺してくる松本がおかしくて、海知は吹き出しながらも頷いた。海知自身、今が大事なときだという自覚はあるし、休みたいとも思っていない。正直に言えば、仕事を選ぶことも休むことも怖かった。

同年代の役者は山ほどいる。海知が急病で降板することになったとしても、おそらくすぐに代役が立てられ、きっとたいした支障もなく撮影が続けられるに違いない。それは海知に限ったことではなく、どんな売れっ子役者でも同じだ。制作側にとっては企画した映画やドラマを完成させることが何よりも大事なのだ。だからこそ、海知はようやく巡ってきたこのチャンスを逃すわけにはいかなかった。

自分がそう考えるのは、演技力に自信がないからだろうか。自由に仕事を選んでいる蓮見と何が違うのかを考えると、海知にはそれしか思い浮かばない。

「マネージャーって仕事をしている以上、やっぱりさ、蓮見さんのような人を担当してみたいとか思わない？」

誰もが認める実力派の蓮見と、超敏腕マネージャーの松本が組めばどうなるのか。単純に興味があった。

「蓮見さんですか……」

他愛もない世間話にも松本は真剣に考えてくれる。目を細め首を軽く傾げてから、

「これまでに何人も担当してきたけど、一番、やりがいのないのは本人にやる気のないときだったよ」

「蓮見さんがそうってこと？」

「今の話を聞く限りはね。どんなに実力があっても、本人にやる気がないんじゃ、どうにもならない。本人も事務所も納得してるならそれでいいだろうけどね」

マネージャーという仕事に真剣に取り組んでいるからこその松本の言葉だ。どうやってタレントを売り出していくかを常に考え、そのために少しの時間も惜しまず、日々、足を棒にして歩き回っている松本からすれば、蓮見はもっとも受け持ちたくないタレントということになるのだろう。

さっき見たばかりの蓮見の顔が頭に浮かぶ。蓮見は仕事を減らすことが怖くはないのだろうか。セーブしているというのは、つまり依頼があっても断っているということになる。スケジュールが空いているのに断れば、相手は二度と声をかけてこないかもしれないのだ。

蓮見と実際に会ったのはまだ一度だけで、しかも個人的な会話は一切していないから、ど

んな性格なのかはわからない。どうすれば、あんなふうに周りを気にしない強さが手に入るのか。会う前以上にもっと蓮見のことを知りたくなった。

初顔合わせから一日経ち、初めての本読みが同じ時刻、同じ場所で行われるため、海知は昨日の会議室を目指して一人でテレビ局の廊下を歩いていた。送ってくれた松本とは下の駐車場で別れている。今日の仕事はこれだけで、松本に付いていてもらう必要もないからだ。海知の手にはたった二日でくたくたになった台本がある。実際にカメラを回しての撮影は明後日《あさって》からだが、台詞は既に全て頭に叩き込んだ。初主演への意気込みを他に表す方法を知らなかった。

いよいよ始まるという緊張で表情が硬くなってきた。そんな海知の耳に緊張感の感じられない声が飛び込んでくる。

「蓮見さーん、そのあくび、さっきから何回目ですか？」

蓮見という名前を口にしたのは、耳によく馴染《なじ》みのある国木田だ。集合時刻が近いから、二人も海知と同じように会議室に向かっているのだろう。

「しょうがないだろ。ほとんど寝てないんだから」

蓮見がゆっくりとした喋《しゃべ》り方で反論する。これが普段の蓮見の話し方のようだ。

しかし、さすが蓮見だ。出番が少なくても睡眠不足になるほど台本を読み込んで来てくれたのかと、海知は感動したのだが、それは一瞬で終わった。

「威張って言うことですか。どうせ、ゲームでしょ」

「正解。昨日、新作の発売日だったんだよ」

嬉しそうな声で蓮見が答える。ゲーム好きなのは昨日の岸井の話でわかっていたが、ここまでとは思わなかった。

本読みはドラマの撮影を始める前に、役柄のイメージを合わせるための大事なものだ。その前日にゲームのやりすぎで寝不足になることが、海知には信じられなかった。

「お、海知」

立ち止まったままの海知に国木田が気付き、呼びかけながら近づいてくる。

「おはようございます」

蓮見の態度への不快感から挨拶する表情が強張《こわば》る。

「なんだ、今から緊張してるのか？」

海知の表情を誤解した国木田が、気遣って尋ねてきた。

「そういうわけじゃないんですけど……」

まさか蓮見にむかついているとも言えず、海知は曖昧《あいまい》に誤魔化す。

「初主演だからって、肩に力が入りすぎてるんだろ」

「かもしれません」

「リラックス、リラックス」

国木田はそう言いながら海知の肩に手を置き、マッサージするように揉《も》み出した。

「うわ、すみません。ありがとうございます」

「やっぱり凝ってるよ」

「後でマッサージに行ってくるんで、もう大丈夫です」

いつまでも局の廊下で先輩に肩揉みなどさせていられない。海知は体を捻《ひね》って国木田の手から逃れた。

これだけ見れば仲のいい共演者がじゃれ合っているだけにしか見えないだろう。だが、そこに加わらないもう一人の共演者の存在を思い出した。除《の》け者扱いしたように思われては心証が悪くなる。フォローしなければと視線を向けた先には、海知に全く興味を持った様子もなく、歩き出した蓮見の後ろ姿しかなかった。

「蓮見さん」

海知は慌てて蓮見を呼び止めた。

「昨日はきちんとご挨拶できなくてすみませんでした」

「ああ、いいよ、そういうの」

蓮見は立ち止まりこそしたものの、露骨に面倒だという雰囲気を醸し出し、言葉でも表す。

「芸能界の先輩として、その態度はないでしょう」

横にいた国木田が咄嗟《とっさ》に笑いながらフォローを入れてくれる。

「お前は俺がそういうの嫌いだって知ってるだろ。面倒なんだよ、挨拶とか上下関係とか」

「俺は知ってますけど、知らない人も多いんだから誤解されますよ」

「全然、誤解じゃないし。そういうのが嫌なら俺を呼ばなきゃいいだけじゃん」

蓮見は悪びれた様子もなく平然と答える。唖然として何も言えないでいる海知を尻目に、二人は会話を続ける。

「もったいないよなぁ。野間《のま》監督のオファー、また断ったって聞きましたよ」

国木田が口にした名前が、海知をますます驚かせる。野間は日本映画界の巨匠と呼ばれる監督で、作品は海外でも公開され、何度か世界的な映画賞を受賞している。野間作品には出演したいと願う役者が数知れない。海知もまたその一人だった。

「だってさ、野間さんは拘束時間が半端ないんだよ」

蓮見はそう答えることで、国木田の言葉が間違っていないことを認めた。

蓮見が野間作品に出演したのは一度だけだ。蓮見の出演作の中でも、特にその映画が好きでもう何度も見ていた。野間が惚《ほ》れ込むのも納得の演技だったのだが、そのときの経験が蓮見に二度目の出演を断らせているというのは、野間にとっては皮肉な話だ。

「俺のとこにオファーが来たら、他の仕事を蹴《け》ってでも出るのになぁ」

国木田のぼやきに蓮見が快活に声を上げて笑う。

「そりゃ無理だ。お前、野間さんが嫌いそうなタイプだもん」

「なんですか、それ。野間さんに嫌いなタイプがあるなんて初耳ですよ」

海知も国木田と同じで、好きな監督のことなのに知らなかった。海知は黙ったままで蓮見の答えを待った。

「今風の若いイケメンが嫌いなんだよ。作品を見てればわかるだろ？」

「ああ、そっか。出てないなぁ」

国木田が頷き、海知もこっそりと納得した。野間の作品を思い返してみると、いわゆるイケメンと呼ばれる役者は出ていない。野間のことだから個人的な感情ではなく、映画のイメージに合わないとかそういう理由なのだろう。つまり、野間がこれまでと違う作品を撮ろうとしない限り、海知にも依頼が来ないということだ。自分でイケメンだと思っているわけではなく、世間的な評価がそうなっていた。

「でも出なくて正解だぞ。拘束時間に比べてギャラが安いんだ」

蓮見は不服そうな顔で、野間映画の問題点を指摘するが、

「その代わり、名誉が手に入るでしょうが」

「名誉や称号じゃ家賃は払えませーん」

ふざけた調子で蓮見が国木田に反論する。

確かに、海知たち役者は芝居をすることで生計を立てている。だが、決してそれだけではないはずだ。ただ生活のためだけというなら、他の仕事でもいい。夢があって目標があるから役者をしているのではないのか。

「ほら、そんなことばっかり言うから、海知が呆れてますよ」

「いえ、そんな……」

急に話を振られて、海知は本音を隠して慌てて否定した。呆れたのは事実でも、これから三カ月間、同じ作品に携わる共演者にそんなことは伝えられない。

「大丈夫大丈夫。こんなんでもドラマで足を引っ張ったことはないから」

撮り始める前から言い切れるこの自信が羨《うらや》ましい。経験を積めば、いつか海知にもこんなふうに言える日が来るのだろうか。性格や態度に難がありそうでも、やはり蓮見が憧《あこが》れの役者であることは変わりなかった。

「そろそろ始まりますよ」

廊下で立ち話をしていた三人に、会議室から顔を覗かせたスタッフが呼びかける。

「行きましょっか」

国木田に促され、揃って歩き出し、一分と経たないうちに会議室に到着した。

そろそろと言われたとおり、開始予定時刻の三分前で、既に第一話に出演する役者は全員、席に着いていた。メンバーは昨日と変わらないから席順も同じだ。海知は両隣の岸井と南に

小さく頭を下げてから席に座る。

「皆さん揃われたので、早速、本読みを始めたいと思います」

これも昨日と同じでプロデューサーの友永の挨拶から始まった。

「とりあえず一度、通しで読んでもらって、その後でこちらから気付いた点を指摘していきます。それから二回目は細かくチェックしながらという流れでお願いします」

友永に続いて監督の大沢が指示を出し、いよいよ海知にとって初主演作の本読みが始まった。

「父さん、俺、結婚するから」

それが第一話の最初の台詞だ。海知が婚約者の南を連れて、父親に宣言するところからドラマは始まる。海知がその台詞を読み上げ、続いて岸井とのやりとりがあって、そこへ南が入ってくるという芝居が続く。

主演だけあって、海知はほとんどのシーンに出番がある。第一話だけなのか、最後までこれが続くのかはわからないが、この調子で続けばかなりの出ずっぱりになる。次いで出番が多いのは、相手役の南と次兄役の国木田だ。そして、同じく兄役であるはずの蓮見はというと、中盤に海知と電話で話すシーンとラスト近くに海辺を歩く台詞のないシーンの二カ所しか出番がない。

今も蓮見の嫌いな待ち時間のはずで、何をしているのかと海知が視線を向けた。蓮見は椅子に深く腰掛け、背もたれに背中を預け腕組みをして首を下げている。

集中して他の役者の台詞を聞いているように見えなくもないが、微妙に揺れる頭が居眠りではないかと海知を疑わせた。

けれど、いつまでも蓮見にばかり注意を向けてはいられない。海知の台詞はすぐにやってくるし、隣の席でもない限り、確かめようもなかった。

順調に本読みが続き、いよいよ次が蓮見との電話のシーンだ。このままでは蓮見の居眠りが周囲にばれてしまう。海知がそう危惧《きぐ》した瞬間、蓮見はすっと顔を上げた。

「もしもし、兄さん？」

蓮見の視線に引き込まれるように台詞が口をついて出てきた。

三男の真三が結婚の報告をしようと長兄に電話をかける。本読みだから小道具なしに電話の向こうに蓮見がいるつもりで海知は話しかけた。

「グーッドタイミングっ」

蓮見本人を見ていなければ、それが蓮見の発した言葉だとは気付かないくらいに、普段とはまるで別人の声のトーンに話し方だ。たった一言で蓮見は海知を惹《ひ》きつける。

「ちょっと金が足りなくなっちゃってさ、五万でいいから俺の口座に振り込んどいて」

「そうじゃなくて、俺の話……」

「じゃ、よろしく」

早口で捲《まく》し立て、長兄が一方的に電話を切る。身勝手で自由気ままな長兄の最初の出番はこれで終わりだ。番組上では声だけの出演になることが台本に記されている。思わせぶりな登場のさせ方を意図しているのだろう。蓮見はそれを理解して、声だけで視聴者の興味を惹くようなキャラクターに仕上げてきた。さすが蓮見だと感嘆するしかない。

それに海知は蓮見が台本を完璧に頭に入れてきていることにも気付かされた。そうでなければ、ずっと台本から目を離していたのに、自分の出演シーンの手前で顔は上げられない。つまり自分以外の台詞も覚えているということだ。

台本をもらったのが一昨日《おととい》で、昨日はゲーム三昧《ざんまい》だったと言っていたのに、いつ覚える時間があったのか。蓮見は演技力だけでなく暗記力も優れているようだ。海知は改めてその才能に惚《ほ》れ直した。ただし、才能にだけだ。

実際には蓮見の出演シーンがもう一カ所あるが、台詞はないから本読みの場ではこれで終わりになる。蓮見はもうやる気を失ったように、すぐにまたさっきのポーズに戻った。確かにこれだけ少ない台詞のために半日も拘束されるのはきついかもしれないが、蓮見のこの態度には幻滅させられた。

それでもカメラの前に立って本当の共演を果たす日が楽しみだった。第一話ではおそらく電話のシーンは別々に撮影されるだろうから、この台本のままだと蓮見と同じ現場になることはない。本読みだけでもこれだけ衝撃を受けたのだから、実際の撮影となったらどうなるのか。海知の期待は今日を経験してますます膨らんだ。

2

第一話放送分の撮影を終えたのは、もう二月が終わろうとする頃だった。月初に顔合わせをしてから衣装合わせや、ポスター撮り、記者発表など主演の海知にはすることが山ほどあり、二月はほぼ休みがない生活を過ごした。

その甲斐あって撮影は順調に進んだ。遅筆で有名な脚本家の浅沼も、今回は筆が乗ると言って既に三話まで書き上げているらしい。らしいというのは、出演者には先を知らせたくないという理由で二話までしか渡されていないからだ。そのほうがより自然な演技ができるとの監督の方針だった。

「同じドラマに出てるっていうのに、仕事場じゃなくて飲み屋でしか会わないってのはどうなんだろうね」

本番前、役者達が待機する溜《た》まり場で、国木田が撮影スケジュールを記した香盤《こうばん》表を見つつ苦笑いで言った。

「蓮見さんですか？」

「そ。昨日、飲みに行った先で会ったんだよ。楽しそうだったぞ。明日も休みだーってさ」

昨日、明日も休みだと言ったのなら、二日続けてのオフということになる。連続ドラマのレギュラーとは思えない状態に、蓮見には慣れているはずの国木田も、さすがに呆れているようだ。

第一話を撮り終えた今もまだ、海知は蓮見との共演を果たしていない。予想したとおり、電話のシーンは別撮りだった。そして、今日から撮影が始まる第二話も、脚本を見る限り同じシーンはなかった。それだけではなく、見事なほどに蓮見の出番そのものがなかった。もう一人の兄役、国木田が出番の多いのとは対照的だ。

「まさか、蓮見さん、これだけしか入れてないってことはないですよね？」

いくら仕事をセーブしているとはいえ、こんなに出番の少ないドラマだけとは思えず、海知は国木田に疑問をぶつける。

「このドラマ以外に他の仕事を入れてるかってこと？」

「はい、そうじゃないといくらなんでも……」

「働かなさすぎだよな。そう思うけど、多分、してないと思う」

多分と言いながらも、国木田はほぼ間違いないと思っているような口ぶりだ。もしかしたら、昨日、会ったときにそれとなく聞いたのかも知れない。

海知には到底、信じられないことだ。ほぼ出番のないこのドラマのギャラがいくらなのかは知らないが、経済的なことよりも役者としてそれで満足できるのだろうか。多くの作品と出会い、よりたくさんの役を演じることで、海知は成長できると信じていた。だから、主役をしている今でも、可能な限り、他の仕事もこなしていた。

「今回なんか回想シーンだけだろ。楽できるって嬉しそうに言ってたよ」

現場には来ていなくても台本は渡されている。蓮見もそれをチェックして自分の出番を知ったのだろう。

「普通はもっと出番が欲しいと思いますよね？」

もしかして、そう思うのは自分だけなのだろうか。蓮見の話を聞いているとそんな不安に囚《とら》われ、海知は国木田に尋ねた。

「まったくだよ。俺なんかしょっちゅう監督に直談判《じか》してるっての」

国木田が自身の行動を声を上げて笑い飛ばす。国木田は頻繁に映画やドラマに出演しているし、人気俳優ではあるのだが、主演は滅多にない。ただ毎回、三番手くらいの役所は摑んでいる。

「がっつかなくても向こうからオファーが来るからなのかね」

「なんですかね」

納得しがたいが、付き合いの長い国木田にわからないことが、知り合ったばかりの海知にわかるはずがなく、無難な相づちを打った。

「椋木さん、国木田さん、準備はいいですか？」

二人が話しているところにＡＤが近づいてきて、確認を求める。これから海知と国木田の二人だけのシーンの撮影予定だった。

「いつでもいいよ」

「俺もです」

国木田に続いて海知も準備ができていると答えた。

「それじゃ、お願いします」

ADに先導され、保坂家の自宅セットの中に入り、指定された玄関先に立つ。朝、出勤するために家を出ようとする真三と、朝帰りしてきた真二《しんじ》が入れ違いになるシーンだ。二人ともスーツ姿なのは同じだが、海知が公務員らしい地味な色味のものを着ているのに対して、国木田は色こそ黒だが丈の短いジャケットに紫のシャツで、いかにもホストといった風情を醸しだしている。

「よーい、スタート」

友永の声を合図に海知は動き出す。通勤鞄を左手に持ち、廊下を玄関目指して歩いていく。そして、靴を履き終えたところで外からドアが開いた。

「お、今から出勤か?」

「兄さんはいつもより遅いよね」

玄関先で兄弟二人が立ち話をする。真三は自分とは対照的な兄たちを決して嫌ってはいない。むしろ自由さを羨ましいと思っている。設定のそんな雰囲気を出せるよう、海知は国木田の目を見て答える。

「アフターが盛り上がっちゃってさ。カラオケで歌いすぎた。声、嗄《か》れてない？」

国木田が上機嫌な様子で語り、海知がそれを暖かく見守る。和やかなシーンはこの後に続く親子げんかの伏線のようなものだ。

「はい、カット。チェックしまーす」

短いシーンの撮影はすぐに終わる。海知はふっと息を吐き、顔を見合わせた国木田と自然と笑い合う。

「蓮見さんほどじゃないにしても、俺の台詞も少ないよなぁ」

チェックのためにモニター前に移動しながら、国木田が不服そうに呟いた。こちらは蓮見とは違い、少ないことを嘆いている。

「中盤では真二が中心の話もあるって聞いていますよ」

「まだ台本ができてないうちは安心できない。浅沼先生は気が変わりやすいらしいしさ」

「不吉なことを言わないでくださいよ。俺も楽しみにしてるんですから」

お世辞を言ったつもりはなく、海知の正直な気持ちだ。相手を引きずり込むような芝居をする蓮見とは違うタイプだが、国木田もまた上手い役者で、共演者と息を合わせるのが抜群だった。国木田は高校生の頃からドラマに出ていて、キャリアも長いが、売れなかった下積み時代も長い。その頃の経験が今に生かされているのかもしれないと海知は思った。

今のシーンはモニターでチェックしても問題はなく、引き続き国木田とのシーンを撮影していく。話の流れでは次に国木田が出てくるのは二日後になるのだが、出演者に合わせて撮影のスケジュールを組むから、シーンが前後するのはよくあることだった。

そうして約二時間弱で今日の国木田の収録が終わった。台詞が少ないとぼやくだけあって終わるのも早い。対照的に出ずっぱりの海知は、この後も夜中までスタジオに籠もりきりになる予定だ。

「じゃ、頑張って」

先にスタジオを去る国木田が、海知の肩をポンと叩いてエールを送った後、ふと思い出したように足を止めた。そして、近くにいた大沢に声をかける。

「監督、蓮見さんの回想シーンってもう撮り終わった？」

「明後日に予定してるけど？」

隠すようなことでもないからだろう。大沢は即答しながらもそれが何かというふうに逆に問い返す。

「蓮見さんに押し負けたって本当？」

さらに続いた国木田の質問に、大沢ははっきりとわかる苦笑いを浮かべた。

「聞いたんだ、それ」

「大沢さんに勝ったって得意げだったからね」

「勝ち負けの問題じゃないよ」

ますます苦笑する大沢を見て、何を知っているのか国木田は楽しそうに笑う。

「あの、押し負けたってなんですか？」

さっきから二人の会話が理解できないでいた海知は、ついに我慢しきれずに口を挟んだ。

「ああ、ごめんごめん」

国木田はまず置いてきぼりにしたことを海知に詫《わ》びてから、

「蓮見さんの回想シーン、全国を放浪してる設定だから、北海道とか沖縄とかで撮影する予定だったんだって。でも、一分程度のシーンに沖縄くんだりまで行かなくても、それっぽく見せられる場所が近場であるんじゃないかって、蓮見さんが言い出して……」

「近場に変えさせた？」

「そういうこと」

まさかと思いながらも海知が口にした言葉を国木田はあっさりと認めた。偶然に飲み屋で会ったときに聞いたようだが、海知には到底、信じられなかった。けれど、大沢が否定しないと言うことは事実に違いない。

「正直、助かったってのもあるんだよ。制作費がその分浮くからさ」

大沢の言い訳もあながち嘘《うそ》でもないのだろう。放浪シーンは一話にも二話にもあったから、その都度、スタッフを何人も連れての飛行機必須のロケは経費がかさむばかりだ。だが、問題は残っている。

「でも、浅沼先生は大丈夫だったんですか？」

海知は一番厄介そうな問題を確かめた。役者やスタッフが問題ないと言っても、脚本家の許可がなければ勝手には変えられない。それが売れっ子の先生となれば尚更《なおさら》だ。

「大丈夫。そう見えるなら問題ないって言ってもらってるよ。蓮見さんならどこにいてもその雰囲気はだせるだろうってさ」

「確かに」

国木田も大沢もたいしたことではないかのように話を進めている。蓮見が言うなら仕方ないというふうにだ。

蓮見はきっと制作費のことを気遣ってはいないだろう。遠距離まで赴く移動時間が無駄だと考えたに違いない。これまでの態度や国木田たちから聞いた話を総合すると、そうとしか思えなかった。つまりはそんな我が儘《まま》を通してでも出演を願われるほどの役者と言うことだ。

海知もずっと共演したいと思っていた。間近で芝居を見たいと願っていた。本読みで合わせてみただけでも、身震いしそうなほど興奮して、早く本番の日がやってこないかと待ちわびた。

けれど、海知にとってはマイナスなイメージばかりが増えていき、実際にカメラの前に立ったとき、その悪印象を完全に頭から拭《ぬぐ》い去れるか自信がなくなってきた。自分が本気で芝居に打ち込んでいるからこそ、才能を無駄にしているかのような蓮見の態度が許せなかったのだ。

これ以上、幻滅したくない。蓮見の演技だけを見ていられればいいが、一緒にいるときっと他の部分まで目に入ってしまうだろう。だから、できるならこのままちゃんとした共演シーンがないまま過ごしたい。

本読みで顔を合わせた日からおよそ一カ月が過ぎているというのに、気付けば蓮見のことばかり考えている。そこまで強烈な印象を与える役者に、海知はこれまで会ったことがなかった。


三月も終わりに近づき、いよいよ『ブラザーズ』の初回放送日が目前に迫った。撮影は第四話を撮り始めたところだ。台本は遅れることなく届き、撮影もほぼスケジュールどおりに進んでいる。

だからというわけではないのだが、海知は今日、別の仕事だった。出演した映画が公開日を迎え、舞台挨拶で他の出演者たちと一緒に都内各所の映画館を回っていた。

映画の撮影自体はずいぶん前に終わっていたため、共演者が集まるのは久しぶりだ。この映画は海知と同年代の役者が多く出演していて、撮影も楽しかった。だから、久しぶりの再会で盛り上がり、公開記念の打ち上げをすることになったのも、自然な流れだった。

「それでは無事に俺たちの映画が公開されたことに乾杯っ」

この映画の主演俳優である柴田《しばた》の音頭で乾杯をして、打ち上げという名のただの飲み会が始まった。飲む口実になっただけだから、何か特別な企画があったり、進行があるわけでもない。そこいらで仲のいい者同士が喋っているだけになる。

「海知さんは一人なんですか？」

同じテーブルを囲んでいた神田俊樹《かんだとしき》が、話の隙を狙って尋ねてくる。神田は海知よりも五つ年下で、本格的に役が付いたのはこの映画が初めてという新人だ。それでも人懐っこい性格のため、誰からも可愛がられる存在になっていた。

「打ち上げにまでマネージャーはついてこないだろ」

海知は周りを見ながら、一般論として答えた。制作側の絡んだ大がかりな打ち上げならともかく、今日みたいな突発的な仲間内だけのものにまでマネージャーが付き合う義務はない。現にほとんどが一人での参加だ。

「そうですか？　女優陣はぴったりくっついてますよ」

「そりゃ、この現場が男所帯だから心配なんじゃないの」

「ああ、そっか」

すぐに神田が納得したのは、この状況を冷静に考えればわかることだからだ。映画は不良高校生たちを主役にしたもので、出演者はほぼ男ばかり、役のある女優は二人しかいなかった。事務所側からすれば、余計な虫は付けたくないのが本音だ。ここが出会いのきっかけにならないよう、お目付役としてマネージャーを同行させているに違いない。

「でも、それだったら海知にも付けとかなきゃ駄目なんじゃないの？」

会話に割り込んできたのは、主演の柴田だ。海知と同い年ながら既に映画でもドラマでも何本も主演を経験している。超がつくほどの売れっ子俳優だが、全く気取ったところがなく、海知ともすぐに打ち解けて仲良くなった。

「なんで俺に必要なんだよ」

他にもっと人気俳優がいるし、その筆頭の柴田が何を言っているのだと海知は顔を顰めて反論する。

「そりゃ、連ドラ初主演俳優の初スキャンダルを狙ってるマスコミが多いってこと」

「狙われたところで何もない……」

「甘い」

柴田がバンと居酒屋のテーブルを叩いたせいで、座敷中の視線が海知たちのいるテーブルに集まる。

「火のないところに煙を立たせるのがマスコミのやり口なんだよ。俺がどれだけ痛い目を見たことか」

「柴田の場合は嘘ばかりでもないだろ」

他のテーブルから茶々が入る。柴田は人気と比例するようにスキャンダルの数も多い。周りにいる誰もがそのことをよく知っていた。

「俺はいいの。そういうキャラだから。けど、海知は爽やか好青年のキャラで売ってんだから、マジで気をつけろよ」

冗談めかしてはいても、過去に痛い経験をしている柴田の言葉には、どこか実感が籠もっているような気がする。

「了解。今以上に気をつける」

海知は素直に忠告を聞き入れた。もっとも、この数年、女性と二人きりで外で食事をしたことはない。彼女がいたのは二年前になるが、そのときはもう役者デビューしていたから、会うのはもっぱらどちらかの部屋だった。顔が売れる前はよかったのだが、少しでも気付かれるようになると、誰に言われるでもなく海知自身がスキャンダルを気にするようになってきたからだ。最近は事務所からも厳しく言われ、不用意な外出も控えていた。

「素直でよろしい」

酒が入って上機嫌の柴田は笑いながらそう言って、別のテーブルへと去っていった。

全てのテーブルを盛り上げながら回る柴田の主演俳優としての気遣いには、頭が下がるばかりだ。

柴田のおかげもあって座は終始、賑わいを見せ、予定していた二時間があっという間に過ぎた。

「ホントならこのまま二次会に行きたいトコだけど、明日の朝が早いんだよ、俺。で、俺のいないところで盛り上がられるのは嫌なんで、飲み足りない奴は各自ってことで解散な」

締めの言葉もまた柴田が言った。勝手な言いぐさにあちこちから不満の声が上がるが、大半は笑い混じりのものだった。

海知もまだ飲み足りなかったが、明日は早朝から撮影がある。松本からも二次会は止《や》めておくようにと念を押されていた。

「お疲れ」

「お疲れさん」

似たような挨拶を何人もと交わしながら店を出た。

この後にまた飲みに行く者たちは楽しげに賑やかなほうへと去っていく。海知はその後ろ姿を少し寂しい気持ちで見送りつつも、タクシーを捕まえられる場所まで移動しようとした。

「海知さん」

駆け寄ってくる足音に続いて、神田の声が聞こえてきた。打ち上げの途中から姿が見えなくなっていたから、てっきり何か用があって先に帰ったものだとばかり思っていた。

「この後って、何か予定あります？」

誰ともどこかに行く気配のない海知に、神田が問いかけてくる。

「予定はないんだけどな」

「じゃ、ちょっとだけ付き合ってもらえませんか？」

神田は申し訳なさそうな顔で海知を誘う。早々に帰ろうとしていた海知の様子を見ていたから、予定はなくても明日の朝が早いかもとは、同業者なら簡単に予想の付くことだ。それでもこうして頼んでくるというのは、何か大事な話でもあるのだろうか。海知も売れていない頃はよく先輩の役者に話を聞いてもらったものだ。

「まだ早いから今日中に帰れる時間くらいまでなら付き合えるけど？」

過去の経験から神田を無下にはできず、海知は条件を付けながらも誘いに応じることにした。まだ午後十時にもなっていないし、一、二時間で酒を飲み過ぎなければ明日に響くこともないだろう。

「充分っす。ありがとうございます」

神田がホッとしたように頭を下げる。

「で、どこ行く？　俺はこの辺りはあんまり詳しくないんだよな」

海知は辺りを見回しながら神田に意見を求めた。顔が知られてからは、どこでもいいとは言えなくなった。一年くらい前までなら、まだ全国チェーンの庶民的な居酒屋でも、そうそう気付かれることはなかったのだが、今ではまず出迎える店員にばれてしまう。だから、最近はもっぱら周りの視線が気にならない、個室かせめて仕切りがある店を選ぶようにしていた。そうでないと落ち着いて会話ができないのだ。

「この間、事務所の先輩に連れて行ってもらった店でいいトコがあるんですけど、そこでいいっすか？」

「任せる」

海知は他に店を知らないのだし、そう答えるしかない。それに、事務所の先輩なら芸能人が行きやすい店を知っているだろう。

「歩いてでも行けるんすよ」

神田が先に歩き出し、海知を案内する。海知は持っていた帽子を目深《まぶか》に被《かぶ》り、その後に続いた。

並んで歩きながら他愛もない世間話をしているうちに、すぐに目的の店へと到着した。徒歩でも五分とかからなかった。

神田がここだと言った店は、洒落《しゃれ》た外観のビルの一階にあった。各フロアの店の看板もけばけばしさはなく落ち着いていて、そこに店があると知っていなければ素通りしそうなほどの控えめさだ。

「予約もなくて大丈夫か？」

海知はふと心配になって神田に尋ねた。外観からすると隠れ家的な店のような雰囲気を感じさせる。だとすれば、完全予約制になっていても不思議はないし、何より満席の可能性だってある。

「そうっすね。先に聞いてきます」

二人で入ると目立つと考えたのか、神田が一人で店内に入ろうとしたときだ。

「神田くんじゃないか」

不意に神田を呼ぶ男の声がして、海知たちは動きを止めた。神田も芸能人だが、その親しい口ぶりから、相手は一般のファンではないと想像できた。

「お疲れさまです」

振り返った神田がすぐさま声の主に挨拶して頭を下げる。

神田の知り合いなら自分も知っているかもと海知が視線を向けると、声の主は一人ではなく男女の二人連れだった。男のほうに見覚えはなかったが、女性はわかった。女優の加藤《かとう》麻《ま》衣《い》だ。確か神田と同じ事務所のはずだから、とすれば、連れの男は事務所の人間といったところだろう。

「君たちもこれから？」

男が気安く神田に問いかける。

「えっと、空いてるかどうか聞きに行くところです」

新人だからか、神田は馬鹿正直に答えている。海知からすれば、同じ事務所ばかりの集まりの中、一人だけ別事務所で居心地が悪く、早くこの場から立ち去れるような上手い答え方をして欲しいところだが、新人の神田にそこまで求めるのは酷な話だ。

「だったら一緒にどうかな？」

「いや、あの、でも……」

唐突な男の申し出に、神田が困惑した様子で海知に視線を投げかけてくる。立場上、神田は断りづらいから、海知から言ってほしいというのだろうか。今ひとつ、確証が持てず、海知は何も言えなかった。

「実はね、四人で予約してたんだけど、一緒に来る予定だった社長に急用ができて、二人欠けちゃったんだよ」

「そうなんすか」

「椋木さんとはうちの麻衣も共演したことのある仲だしね。いいだろう？」

神田は相づちこそ打っているものの、完全に男のペースだ。結局、笑顔のまま押しきられ、断る隙もなく、同席することになった。海知だけなら逃げられたが、神田が断れない様子を見せていたから、一人残していくのがかわいそうに思えた。

「ここの料理はなかなかイケるんですよ」

男は神田ではなく海知の背中を押すようにして、店内へ入っていく。まだ名前も知らない相手に一方的に知られているのは、海知をどうにも落ち着かない気分にさせた。だが、それはそう長い時間ではなかった。予約していたというとおり、すぐに個室に案内され、早々に男から名刺と共に自己紹介される。

「加藤のマネージャーをしております、長崎《ながさき》と申します」

「ご丁寧《ていねい》にありがとうございます」

普段、あまり他のマネージャーから挨拶されることがないから、対応に困りつつも極力、失礼のないように対応した。同じ事務所でなくても麻衣は役者の先輩だ。海知が高校生の頃に見たドラマに出ていたことを覚えているから、芸歴は少なく見積もっても十年にはなる。確か、年は三十前後のはずだ。

挨拶が終わってからようやく席に着いた。海知の隣には神田が座り、正面には麻衣、斜め向かいに長崎という並びになる。

「久しぶり」

ここにきて麻衣が初めて口を開いた。

「お久しぶりです」

「共演したのってもう三年前？　もっと一緒になるかと思ってたのに、あれ以来、全然なんだもん」

「そうですね」

積極的に話しかけてくる麻衣に不審を抱きながらも、先輩を立てて相づちを返す。

共演した当時、麻衣から話しかけられた記憶は一切ない。海知は出番の少ない脇役で、麻衣はヒロイン役だったから接点もなかったのだが、だからこそ、今こんなに親しげな態度を取られる理由がわからなかった。おまけに麻衣は神田のほうを一瞬でも見ようとしない。まるでそこにいないかのような態度だ。これでは海知でなくてもおかしいと思うだろう。

「あのときは私も忙しかったから、ろくに話もできなかったでしょう？」

「一緒のシーンがほとんどありませんでしたから」

そう答えながらも海知は心の中で、ずっと同じ現場にはいたがと付け加えた。

麻衣が今になって親しげな態度を取るのは、きっと海知が主役を任せられる役者になったからに違いない。

料理はあらかじめ頼んであったらしく、席に着いてからすぐに運ばれてきた。神田の事務所がよく利用するだけあって、海知たちを見ても店員は顔色を変えることなく、冷静に給仕をしてくれる。

海知が気にしたのは噂《うわさ》になることだったが、いくら麻衣がいるとはいえ、神田もいるし、長崎もいる。麻衣との仲を邪推されることはないだろう。

「椋木くんって、スカウトだっけ？」

店員が立ち去るのを待って、麻衣が質問を投げかけてくる。

「いえ、自分で事務所に履歴書を送りました」

「へえ、意外ね」

何がどう意外なのか、麻衣は海知をじっと見つめながら首を小さく傾げる。

「海知くんならすぐにスカウトされそうなのに」

「全く、うちが先に見つけたかったですよ」

やっと長崎が会話に入ってきた。海知と麻衣だけでは場が盛り上がらないと気付いたのだろうか。神田に至ってはさっきから一言も発していなかった。こんなことなら少々強引にでも同席を断ればよかった。そのほうが神田にとってもよかったかもしれない。

「麻衣は私がスカウトしたんです」

長崎の言葉にはどこか自慢の響きがあった。以前ほどではないとはいえ、麻衣は人気女優になったのだから、見る目があると言いたいのかも知れない。

「スカウトされるまで、芸能界とか考えたことなかったんだけど、長崎さんがあんまり熱心に言うもんだから……」

「ああ、そうなんですか」

海知はつい露骨に気のない返事をしてしまった。一瞬、麻衣がムッとしたように眉間《みけん》に皺《しわ》を寄せたが気付かない振りをする。

子供の頃から役者になりたかった海知は、高校生になったときにはもうオーディションを受け始めていた。エキストラでも初めてドラマに出られたときには嬉しくて、そのビデオは今でも大事に取ってある。そんな海知からすれば、役者になりたいわけではなかったと言われると、どうしてもいい気持ちはしなかった。

ただ、役者の才能があるかどうかなど、演じてみるまで気付かないものだから、スカウトされてこの道に入ることが悪いとは海知も思っていない。スカウトを妬《ねた》ましく思う気持ちはとっくになくなったが、自分の中でまだ納得しきれない部分が、もしかしたらあるのかもしれない。

そう言えば、蓮見はどうしてこの世界に入ったのだろう。あんなにやる気がなさそうなのに、海知のように自分から進んでとは考えづらい。かといって、スカウトされるルックスかというと疑問が残る。

共演するまではそんなことはなかったのに、つい何にでも蓮見を結びつけて考えてしまう。今もこの場にはいないし、話題に出たわけでもないのに、海知の頭にははっきりと蓮見の顔が浮かんでいた。

ゴホンと大袈裟な咳《せき》払いが思考を遮る。海知はハッとして意識を元に戻した。目の前には不愉快そうな顔をした麻衣がいて、咳払いをした長崎も苦笑いを浮かべている。

「すみません。ちょっとぼーっとしてました」

「お忙しいですからね。無理もありませんよ」

長崎は少し空気の悪くなった場を取りなすように言ってから、ふと立ち上がった。

「ちょっとお手洗いに行ってきます」

まだ食事が始まってそう時間も経っていないのにと、海知はまた妙な違和感を覚えた。ここに来てから、そんなふうに思うことが多い。

「今日は打ち合わせか何かじゃなかったんですか？」

麻衣自身には興味はなかったが、違和感ばかりが積み重なることに疑問を覚え、海知は初めて自分から質問してみた。

「そうだったんだけど、ほら、社長が急用になったでしょ？　せっかく予約までしたんだから、食事だけでもしていこうかってことになったの。マネージャーと二人っていうのが色気ないけどね」

「急に割り込んじゃってすみませんでした。俺たちは軽く飲むだけのつもりだったから、料理もあまり食べられなくて……。もったいないことしたよな？」

海知は黙ったままの神田に話を振った。何とかこの場を立ち去る口実を探してのことだ。見れば神田の皿はほとんど箸《はし》を付けられていない。せいぜいが喉《のど》を潤す程度にグラスの中身が減っているくらいだ。海知が気詰まりを感じている以上に、神田は居心地が悪そうだった。

「あ、いえ、俺はあの……」

事務所の先輩相手に緊張もないだろうに、神田にはいつもの明るさがなく、妙に落ち着かない雰囲気を漂わせていた。

そこへ場に不似合いな陽気な音楽が流れ出す。携帯電話の着信メロディだったらしく、神田がハッと気付いて、ポケットから取りだした。

「事務所からだ」

携帯電話の画面を確認した神田は、独り言のように呟く。

「すみません、ちょっと出てきます」

事務所からの電話を待たせるわけにはいかないと、神田は海知と麻衣に詫びてから、電話に応対しつつ部屋を出て行った。

「神田くんも最近、忙しいみたい」

「頑張ってますから」

「事務所が違うのに仲良くしてもらって悪いわね」

さっきまで神田の存在を無視していたのに、二人きりになった途端、麻衣が急に先輩面《づら》をしてくる。

「気が合うだけなんで、仲良くしてやってるとは思ってないですよ」

できるだけ柔らかい言い方になるよう意識して、海知は言葉を返す。気を抜くと感情がそのまま言葉尻に出てしまいそうだった。麻衣への反感が一緒にいる時間に比例して増えていく。そう思うと以前の共演時に話しかけられなかったのは正解だったのかもしれない。

「へえ、そうなんだ？」

麻衣は身を乗り出すようにして話を続けようとする。

アプローチをかけられていることは、さすがに海知も気付かざるを得ない。となれば、海知が考えるのは早くこの場から逃げ出すことだけだ。

だが、神田も長崎も一向に戻ってくる気配がない。神田の電話はともかくとして、たかがトイレなのに長崎は何をしているのか。ついつい海知は視線をドアに向けてしまう。

「椋木くんも忙しいのよね。映画が終わったら、すぐに連ドラの主役だって?」

何とか注意を向けさせようと麻衣がまた質問を投げかけてくる。聞かれれば答えるしかないから、どうにか会話は続く。

「ありがたいと思ってます」

「でも、それだけ忙しいと彼女と会う時間もないんじゃない?」

自然な流れに見せかけた問いかけは、明らかに探りを入れてきているのが丸わかりだった。余計な期待を持たせたくはないのだが、嘘を吐《つ》いて彼女がいることにして、後でそれを誰かに話されても困る。

「今、彼女はいませんから」

結局、海知は正直に話すことを選んだ。

「そうなんだ」

麻衣が笑顔を見せた。やはり喜ばせる答えを口にしてしまったようだ。

名前が売れ出し、人気が出てきたと実感できるようになってからというもの、やたらと近づいてくる女性が増えた。けれど、元同級生だとか、友達の友達だとか、薄い縁を辿《たど》ってのものだったから断りやすかったのだが、麻衣ではそういうわけにもいかない。しかもまだ直接的な誘いの言葉は何も聞いていなかった。

海知は気まずさを紛らわせるためにグラスに手を伸ばす。明日に備えて軽く飲むだけに留めるつもりだったのに、ついつい酒に逃げてしまった。

「二人とも遅いわね」

「そうですね」

「私もちょっと化粧直しをしてくるわ」

「あ、はい」

二人きりにされるなら、むしろ一人で取り残されるほうがいい。海知は快く麻衣を送り出した。

すると一息吐く間もなく、麻衣と入れ替わるように長崎が戻ってきた。

「どうもすみません。お待たせしてしまって」

「それはいいんですけど、神田を見ませんでした？」

一向に戻ってくる気配のない神田が気になり、外で電話しているのなら見かけなかったかを尋ねた。

「そこで会いました。事務所から急な呼び出しがあって戻らなきゃならなくなったんですよ。椋木さんに謝っておいてくれと伝言を頼まれました」

「そうなんですか。それじゃ、俺も……」

席を立つちょうどいいきっかけができた。海知はそそくさと腰を上げたのだが、立ち上がるまでにはいかなかった。まだそばにいた長崎が海知の肩を押さえてきたせいだ。

「まだいいじゃないですか。これが美味《おい》しいですよ」

長崎の手にはカクテルの入ったグラスがあった。さっきまで長崎が飲んでいたものと同じ色をしている。トイレに行ったときオーダーしてついでに受け取ってきたらしい。

「じゃあ、一杯だけ」

せっかく自分のために頼んでくれたというのなら、無下にするのも悪い気がして、海知はグラスを受け取った。

「お酒はあまり強くないんですか?」

長崎は海知がまだ最初にオーダーしたビールが空《から》になっていなかったのに気づき、そう問いかける。

「それなりです。今日はもうさっきさんざん飲んだんで」

「ああ、なるほど。でも、これは軽いから大丈夫ですよ」

何故か隣に座った長崎に勧められるまま、海知は新しいグラスに口を付ける。確かに人に勧めるだけあって、すっきりとした飲み心地の美味《うま》いカクテルだ。それがいけなかった。飲み口がいいのとあまりアルコールを感じなかったせいで、ついついジュース感覚で飲んでしまった。

それでもたった一杯。なのに麻衣が部屋に戻ってくる頃には、海知の視界が揺らぎ始めていた。

そんなに飲んだ覚えはない。打ち上げでも明日の収録のことを考えて控えていたし、今もまだグラスで二杯飲んだだけだ。それなのに既にもう酔ったかのように、ふわふわとした頭が揺れているみたいな感覚を覚えた。

「海知くん、大丈夫？」

問いかける麻衣の声もどこか遠くで聞こえる。大丈夫だと答えたいのに舌まで上手く回らなくなってきた。軽いと聞いていたカクテルが、とんでもなく度数がきつかったのだとしても、疲れのせいだったとしても、ここまで急激に酔いが回るのはおかしい。だが、その疑問を解決するだけの思考力は海知にはもう残っていなかった。自力で立つことすらできないのだ。

「参ったな。これだととても一人で帰せない」

「どこかで休んだほうがいいんじゃない？」

「それがいいだろうな」

海知をどうするかという相談のはずなのに、海知自身の意見は求められず、麻衣と長崎が二人だけで勝手な会話を繰り広げている。

このまま放っておいてくれれば、そのうち酔いも醒《さ》める。そう言ったつもりの言葉は、ただ荒い呼吸をしただけにしかならなかった。

「さあ、行きましょう」

長崎が海知の脇の下から背中に手を回し、なんとか立ち上がらせる。そうして、麻衣が先に立って歩き、部屋を出たときだ。

「あれ、海知くん？」

親しげな口調で海知の名が呼びかけられる。聞き覚えのある声にまさかと思いながら、海知がうつろな視線を向ける。

「何やってんの？」

不思議そうな顔で問いかけてきたのは、声から予想したとおり蓮見だった。尊敬する蓮見にみっともないところを見せてしまったのが恥ずかしくて、なんでもないと言いたいのに、やはり言葉は出なかった。

「椋木くんがかなり酔ってしまったので、これから自宅にお送りするところなんです」

海知の代わりに長崎が答える。だが、さっきとは言っていることが違った。そもそも二人が海知の自宅を知っているはずがないし、どこかで休ませると言っていたのではなかったか。

海知は朦朧《もうろう》としながらも、長崎を睨《にら》みつけた。こうなると自分がこんな状況になった原因は長崎が勧めた酒のせいとしか思えない。

「そうなんだ。じゃ、俺が送ってくよ。ちょうど帰るところだったし、うちが同じ方向なんだ」

「えっ、あ、そうなんですか」

蓮見の思いがけない申し出に、長崎は明らかに狼狽《うろた》えたような態度を見せた。けれど、海知と蓮見が共演するドラマの撮影中であることは周知の事実だ。しかも蓮見は親しげな態度を見せている。この状況で長崎が蓮見の申し出を断るのは不自然だろう。

「それじゃ、すみませんがよろしくお願いします」

長崎も海知と同じことを考えたようで、すんなりと海知の引き渡しが決まった。

「了解。ほら、行くよ」

長崎から蓮見の肩へと海知の体は移動する。蓮見よりも海知のほうが一回り体が大きく、支えて歩くのはかなり大変そうだったが、それも店を出るまでのことだった。おそらく長崎が準備よく手配していたのだろう。店の真ん前にタクシーが横付けされていて、海知たちが出て行くと、すぐに後部座席のドアが開いた。

「乗って乗って」

蓮見の手を借り、どうにか車内に乗り込むと、海知の体から途端に力が抜けてきた。さっきまでは個室とはいえ、誰が入ってくるかわからない店内だし、長崎や麻衣の手前もあり、朦朧としながらもギリギリのところで意識を繋《つな》ぎ止めていただけだった。

「うち、どこ？」

問いかける蓮見の声は、海知の耳には入ったが、理解する脳にまでは届かなかった。自然と落ちてきた瞼《まぶた》が海知の意識を完全に途絶えさせていた。

目が覚めても海知はしばらくぼんやりと見慣れない天井を見つめていた。

自分が何故、知らない場所で眠っていたのか、意識を失う前の記憶を辿る。映画の打ち上げの後、神田と飲みに行き、麻衣と長崎に出くわした。嫌な時間を過ごしたことを思い出すと同時に、具合が悪くなった経緯も蘇《よみがえ》った。

「そうか、蓮見さんだ」

海知はばっと飛び起き呟いた。ふらつく海知をタクシーに押し込んでくれたのは蓮見だった。その後のことは何も覚えていないが、蓮見に多大な迷惑をかけたことは想像するに容易《たやす》い。

「俺がなんだって？」

不意に聞こえてきた声に海知は飛び上がらんばかりに驚いた。

「驚くことないだろ。俺の部屋にいるんだから、俺がいて当然だっての」

海知がおそるおそる視線を向けると、ジャージの上下というくつろいだ格好をした蓮見が、海知から少し離れた場所で床の上に直接座っていた。だが、蓮見はテレビの画面を見つめていて、海知を見ていない。手にはゲーム機のコントローラーがあり、どうやら好きなゲームに励んでいるようだ。

「あの、俺……」

「完全に落ちちゃうから、俺んちに運ぶしかなかったんだよ。即効性の睡眠薬でも入ってたんじゃないの？」

「睡眠薬？」

海知は耳にした単語をただぼんやりと繰り返す。まだ頭には靄《もや》がかかっているようで、何故、蓮見がそんな言葉を口にするのか理解できるだけの思考力が戻っていなかった。

そんな状態でもはっきりとわかることが、一つだけあった。体の中心が明らかに変化していて、それは性的興奮を催したときと同じだった。

幸い、蓮見がかけてくれたらしいタオルケットが体を覆っているから、蓮見に気付かれてはいない。かといって、気付かれずに処理するのは無理だし、自然と治まってくれるのを待とうにも、そんな生半可な状態ではなかった。

「トイレを……、貸してもらえませんか？」

海知は不自然に視線を逸《そ》らし、情けない願いを口にした。

「いいけど」

蓮見はそう答えながらも、目を細めてじっと海知の様子を探るような視線を向けてくる。まだ上半身を起こしただけでタオルケットで隠せているはずなのに、落ち着かなくてつい手で押さえてしまった。

「もしかして、用を足したいわけじゃなかったりする？」

「違っ……」

焦った否定は肯定したのと同じで、海知の態度を見て蓮見は納得したように頷いた。

「眠剤を入れただけかと思ったら、催淫剤まで仕込んでたってわけだ。呆れたな」

溜息《ためいき》混じりの蓮見の言葉のおかげで、海知にも自分の身に何が起きたのかおおよそが理解できた。もっとも何かクスリを仕込まれたらしいことは想像できていた。そうでなければ、あんなに急に体調がおかしくなるはずがない。

「それ、結構、切羽詰まってんだろ。わざわざトイレに行かなくても、ティッシュはそこにあるから、抜けば？」

とんでもないことをあっけらかんとした口調で言い放った蓮見は、テーブルの上のボックスティッシュを指さした。

「できるわけないでしょう」

海知はカッとなって語気を荒げる。こんな事態に陥ったことだけでも屈辱なのに、自慰するところを蓮見に見られるなど冗談じゃない。

「なんで？　あ、見られてるとできないタイプとか？」

「当たり前です」

「案外、繊細なんだな」

蓮見はつまらなそうに言うと、少しだけ考える素振りを見せてから、何かを決意したように頷いた。

「わかった。しょうがない。特別に俺が抜いてやるよ」

蓮見が何を言っているのか、海知にはすぐに理解できなかった。だから、咄嗟に返事も反応もできず、蓮見の行動を見守るしかなかった。

蓮見は四つん這《ば》いのような格好でにじにじと近づいてくると、おもむろに海知の体からタオルケットを剝《は》ぎ取った。そして、手慣れた仕草で海知のジーンズのボタンを外し、ファスナーまで下げてしまう。

そこまでされれば海知にもその先は予測できる。だが、到底、信じられることではなかった。海知も蓮見も同じ男で、ただの共演者という関係でしかない。なのにどうしてこんな展開になるのか。

「は、蓮見さん、ちょっと待ってください」

「いいからいいから。俺、割と上手いほうだから任せとけって」

海知の制止を軽い言葉でいなして、蓮見は躊躇《ちゅうちょ》なく下着の中に手を差し入れてきた。

「ちょっ……う……」

久しぶりの他人の手の感触が、海知から抵抗を奪う。何しろおかしなクスリのせいで、体は限界にまで昂《たか》ぶっているところに、待ちかねた刺激を受けたのだから、抵抗などできるはずもなかった。

「いいもの持ってんなぁ」

蓮見は感心したように言いながら手を動かし始める。下着は自然とずれ、蓮見の指が絡んだ屹立《きつりつ》が海知の目に飛び込んでくる。

どうして蓮見はためらいもなくこんな真似《まね》ができるのだろう。されている側の海知が、戸惑い焦り、動揺して混乱しているというのに、蓮見は楽しそうにさえ見えた。

「いい反応」

くすっと笑われても反論のしようがなかった。どれだけ強いクスリを使われたのか、興奮が尋常ではなく、既に海知の中心は先走りまで零《こぼ》し始めていた。

「こんなに素直な反応を見せられると、もっとサービスしたくなってきた」

そう言うなり、蓮見は体を屈《かが》めた。

「あっ……くぅ……」

予想もしなかった刺激に海知は上擦《うわず》った声を上げる。

蓮見の口で愛撫されているのは、視界の端に映る光景で海知にもわかっていた。けれど、その感覚は未知のもので耐える術《すべ》を知らなかった。

初めて彼女ができたのは高校生のときだ。それ以来、何人かの女性と付き合い、年齢に見合っただけの経験もしてきたつもりだったが、口で愛撫してくれるような積極的な彼女はいなかった。だから、他と比べられないものの、確かに蓮見は上手かった。唇や舌を巧みに使い、海知をあっという間に限界へと追いつめていく。

「も……やばいっ……」

海知の切羽詰まった声を聞いた蓮見がさっと顔を引く。その瞬間、海知は迸《ほとばし》りを解き放った。それは準備よく蓮見が用意していたティッシュの中に収まる。

一体、何が起きたのか。海知はただ呆然《ぼうぜん》とするばかりで、考えなどまとまるはずもない。まるで夢の中にいるのかのように現実感が全くなかった。

「すっきりしたみたいじゃん」

これ以上ない現実味のある言葉を受け、海知は一瞬で我に返る。

「それ、そろそろしまったら？」

蓮見が指さした先にあるのは、すっかり勢いをなくした海知自身だ。下着の上にだらりと垂れ下がる姿はみっともないとしか言いようがない。海知は反射的に乱れた衣服を直したものの、未《いま》だ何も言えずにいた。

「おーい、聞いてる？」

ほんの数分前まで海知のものを含んでいた口が問いかけてくる。けれど、声は耳に届かず、その唇の動きにだけ目を奪われる。この唇がどんなふうに海知を追いつめたのか、思い返すだけでまた体が熱くなる。

「す、すみません。俺、帰ります」

またおかしなことになっては困る。その一心で海知は最後までまともに蓮見と目を合わさず、そばにあったコートとバッグを掴んで部屋を飛び出した。

マンションの三階だったということは、階段を駆け下りて知った。エレベーターを使わなかったのは見当たらなかったからだ。今にして思えば部屋の造りも古かったし、マンション自体、オートロックでもない。芸能人が住むには随分と不用心な部屋だ。

誰とも出くわさないまま建物の外に出てから、海知は腕時計で時刻を確認する。日付はとっくに変わっていたが、思っていたほど遅くはなかった。どうやら意識を失っていたのはほんの短い時間だったようだ。

海知はとりあえず真夜中の街に歩き出す。ここがどこだかわからないからタクシーも呼べないし、どう歩けばタクシーの拾えそうな通りに出られるのかもわからない。だが、少なくとも都内ではあるのだろうから、適当にでも歩いていれば、いずれ大通りに行き当たるはずだ。そう信じて海知は歩き続けた。

冬の風が体の火照《ほて》りを鎮めてくれ、そうなってくると急に寒さを思い出す。海知は小脇に抱えたままだったコートを羽織る。これを脱いだのは麻衣たちと一緒に店に入ったときだ。つまり蓮見はコートもバッグも店からちゃんと持ってきてくれたということになる。それなのに海知は満足に礼の言葉すら言えなかった。

どうして蓮見はあんなことをしたのか。男のものを口に含むどころか、手で扱《しご》くことすら海知には絶対にできない。海知をからかうため、面白がっただけ、幾つか理由を考えてみても、どれもしっくりとこなかった。

結局、タクシーを捕まえられるまでに歩いた一時間近く、ずっと蓮見のことばかり考え、挙げ句、ろくな結論は得られなかった。ただ少しは冷静になれた。

これからも撮影で蓮見とは顔を合わせる。蓮見にどんな理由があったにしろ、海知が無理強《じ》いしたわけではないのだから、こんなふうに気にしすぎるほうがかえって気まずくなるのは間違いない。何もなかったことにはできなくても、せめてたいしたことではないと自分に言い聞かせるしかないだろう。

すぐには平然と顔を合わせられる自信はなかったが、台本が上がっている第五話にも蓮見との共演シーンはない。それだけが今の救いだった。

3

手元には第六話の台本がある。第五話の収録も半ばを過ぎてようやく出演者たちに配られたのだが、出来上がったのも三日前だったらしい。海知は真っ先に蓮見の出演シーンを確かめた。

あの夜から既に一週間が過ぎた。翌日こそ、海知は一睡もできずに撮影に挑むことになったが、どんなに寝不足でも隈の出にくい体質なのが幸いして、周囲には不審を抱かせずに済んだ。もっとも撮影に支障を来さなかったのは、蓮見が同じ現場にいなかったからだ。

元々、第四話での共演シーンはなかったものの、次の日もその次の日も蓮見の姿は現場になく、あの夜のことが夢だったのではないかとさえ、思い始めていた。

「あ……」

台本を捲《めく》っていた蓮見の手が止まる。中盤辺りに海知と蓮見の名前が同じページに並んでいた。これまでのように電話での会話ではない。長男と三男がはっきりと対面して言葉を交わしている。

「お、ついに蓮見さんとの共演だな」

不意に台本に影がかかり、国木田の声が被さった。今日の撮影に途中から参加する予定だった国木田がスタジオ入りした。

「おはようございます」

「おう、おはよう」

午後に不似合いの挨拶を交わしてから、国木田は海知の隣に腰を下ろした。

ちょうど昼の休憩中で、海知は昼食を取った後、スタジオ隅の休憩スペースで待機していたところだった。

「俺もついさっき台本をもらったばかりなんだけど、真っ先に蓮見さんの出番をチェックしたよ」

国木田が笑いながら折り目を付けた自分の台本を開いてみせる。そこはまさに海知が開いていたページだ。

「やっとちゃんとした共演だけど、それでもワンシーンなんだよな」

国木田の言葉で海知は止まっていた手を動かして先のページを流し見した。

兄たちの職業を知った婚約者の両親が結婚に反対だと言い出す。それを聞いた三兄弟の父親までが、親の態度が気に入らないと反対し始める。三男は彼女と一緒に親たちを必死で説得するというのが、第六話のおおまかなストーリーだ。

長男が数カ月ぶりに帰宅したのが、運悪く婚約者の両親が挨拶に来ていたときで、空気を読まない長男は放浪者だと自己紹介する。そこからフリーターだとばれ、芋《いも》づる式に次男がホストであることも知られてしまうというわけだ。揉めるきっかけを作っておきながら、長男はその後すぐにまた旅に出るから、蓮見の出番はそこだけになる。

長兄と違い、国木田が演じる次男は回が進むごとに出番が増えていた。予定では七話で次男が中心となるらしい。それはこれまでの流れとして理解できるのだが、ここまで極端に出番の少ない蓮見まで、ラスト近くの回でメインになる予定だと監督から聞かされていた。

「これでレギュラー扱いなんだから、蓮見さんも喜ぶはずだ」

「蓮見さんはレギュラー扱いされたいんですか？」

海知はどうにも納得できずに国木田に尋ねる。仕事を選んだりセーブしたりするような人が、そんな肩書きに拘《こだわ》るとは思えなかった。

「だってさ、仕事をしてるみたいに聞こえるだろ？　と、前に蓮見さんが自分で言ってた」

そう言ってひとしきり笑った後、国木田は急に表情を変え、おまけに声まで潜めてきた。

「そんなことより、この前は大変だったらしいな」

「なんのことですか？」

とぼけたつもりはなく、国木田からこんな思わせぶりな言葉を投げかけられる心当たりが、海知には全くなかった。

「隠すなって。鎌をかけたわけじゃなくて、俺は知ってるんだから」

国木田は椅子ごと移動して、より海知に近づいてくる。そうすることで二人の会話はますます周囲には聞こえなくなるし、大事な話をしているかのような雰囲気を醸し出すことで、安易に人を寄せ付けない効果もあった。

「加藤麻衣に仕組まれて危機一髪だったんだろ？」

蓮見との出来事があまりにも刺激的すぎて、麻衣のことなど完全に忘れ去っていたが、名前を耳にしたことで一瞬にしてあの夜の出来事が全て蘇る。

どこから話が漏れたのか。麻衣が自分から話すとは思えないし、いくら国木田が蓮見と親しくても、そもそも人に話すようなことではない。

「どうしてそれを？」

具体的な名前まで出されては否定もできず、海知はそう問い返すのが精一杯だった。

「俺と加藤さんは同じ事務所」

「でも、それだけじゃ……」

「そりゃ、それだけじゃないって。一週間くらい前に用があって事務所に顔を出したら、加藤さんのマネージャーが電話で愚痴ってるのを偶然、聞いちゃってさ」

国木田はそう言ってから、困惑顔の海知に何を聞いて何を知ってしまったのかを話し始めた。かつては連ドラの主役を張るほどの人気女優だった麻衣も、最近は人気も下降線で当時の勢いはなくなっていた。それで再ブレイクをするきっかけを摑むための話題作りを狙った。今が上り調子で過去に共演経験もあり、なおかつ女性の影もない海知は、スキャンダルの相手役にはもってこいというわけだった。

「あ、言っとくけど、うちの事務所は絡んでないから。あくまで二人の独断」

事務所を庇《かば》う国木田に、海知はわかっていると頷いてみせる。ただアプローチに失敗したというだけでなく、おかしな薬まで使ったことが表沙汰《おもてざた》になれば大問題だ。おそらく麻衣は自分が誘えば海知が落ちるに違いないという、絶対の自信を持っていたのだろう。麻衣の態度の端々にそれが感じられた。なのに海知が全く興味を示さなかったから、使う予定のなかった薬まで持ち出す羽目になったのではないか。あの夜のことが麻衣と長崎の計略だったと聞かされ、海知は全てを理解できた気がした。

「神田もなあ、お前に合わせる顔がないって、相当、へこんでた」

国木田は海知の反応を窺いながら、神田の名前を口にした。すっかり忘れていたが、そもそものきっかけを作ったのは神田だった。考えてみれば、あんなところでたまたま出くわすというのも無理があったし、途中で消えるタイミングもおかしかった。

「まさか、神田にはめられるとは思いませんでしたよ」

海知は力なく笑う。神田とはそれなりに親しい関係だと思っていたからこそ、予定を変えてまで話を聞こうとしたのに、裏切られた気分だった。

「海知の気持ちはわかるけど、できれば許してやってくれないかな。あいつは事務所じゃ下っ端だし、加藤さんのバーターでドラマに出たこともあるから、断れなかったんだよ」

どうやら国木田の本題はここにあったようだ。神田は誰からもかわいがられる性格だから、同じ事務所の国木田は特に面倒をみていたにちがいない。

「しばらくメシは奢《おご》らないって言っておいてください」

「了解。そのしばらくの間、神田に払わせてやれ」

「そうですね。そうします」

事務所の先輩に逆らう力のない神田の葛藤《かっとう》や歯がゆさは理解できたし、麻衣たちの計略は失敗したのだ。神田を恨む気持ちは海知には残っていなかった。

「しかし、蓮見さんが居合わせてくれて、ホント、助かったよな」

「……どこまで知ってるんですか？」

蓮見の名を聞いて、ほんの一瞬、海知は動揺から咄嗟に言葉が詰まったものの、どうにか平静を装い尋ねた。

「それも愚痴ってたから。蓮見さんさえ邪魔しなければ上手くいったのにってさ」

「蓮見さんから聞いたわけじゃないんですね」

「会ってないしなぁ。さすがに事務所の恥になることをわざわざ蒸し返したくないし。いくら元同じ事務所でもさ」

「そう言えば、加藤さんたちも顔見知りっぽい感じでしたね」

蓮見の気軽な接し方は誰に対しても変わらないのかもしれないが、加藤や長崎からも初対面の雰囲気はしなかった。

「なんだ、それくらい話さなかったのか？　蓮見さんにタクシーで送ってもらったんだろ？」

長崎はどれだけ詳細な愚痴を零していたのか。あの夜の行動がほぼ国木田に筒抜けになっている。だが、さすがにその後のことまで知らないようだ。

「タクシーに乗るまでは覚えてるんですけど、その後のことは曖昧ではっきりしないんですよ」

「気付いたら自分の部屋だったって？」

「そんなところです」

国木田に嘘を吐かなければならないことを心苦しく思いながらも、海知は苦笑いを浮かべて答えた。

「だったら、ちゃんと礼も言えてないんじゃないの？」

「あ、はい……」

指摘されて海知は初めてその事実に気付いた。あまりに衝撃的な出来事が起こったため、通常ならできるはずの礼儀を欠いてしまっていた。

「情けないところを見られて恥ずかしいとか思ってんだろうけど、あの人がそういうことをするのは珍しいんだから、次に会ったときはちゃんと礼を言っておけよ」

「そうします」

先輩からのアドバイスに海知は素直に頭を下げた。違う事務所なのに、こうして親身になってくれる国木田の存在は本当にありがたい。けれど、蓮見に礼を言えるかどうかの自信はなかった。どうしても蓮見にされたことが蘇るからだ。

「近々、会えるんだし、ちょうどよかったな」

嫌でも顔をつきあわさなければならないという事実を突きつけられて、海知はそっと台本から視線を逸らす。

「蓮見さんはどうして事務所を変わったんですか？　国木田さんのところなら何も問題ないように思いますけど」

単純な興味もあったが、話題を変えたい一心から、さっきの話を聞いて気になっていたことを尋ねてみた。

「ああ、簡単な理由。うちの事務所は大手だけど、仕事を詰め込むんだよな」

冗談かと思ったが、国木田は至って普通の顔だ。特別、真面目な顔もしていないが笑ってもいない。

「それが嫌で？」

「そ。余裕たっぷりなペースじゃないと仕事をしたくないんだと」

当時を思い出したかのように苦笑する国木田の表情が、それが真実だと教えてくれる。海知は唖然として何も言葉が出なかった。考え方は人それぞれだと思うし、自分に適したペースがあるのも理解はできるのだが、蓮見の遊ぶ時間が欲しいだけという言い分は海知の理解の範疇《はんちゅう》を越えている。

「だからお前と正反対だって言ったんだよ」

「あのときの……」

国木田が岸井に紹介してくれたときだ。蓮見とは正反対だと自分を紹介していたことを海知はすぐに思い出す。

確かに事実だった。海知は来た仕事は基本的に断らない。事務所の方針ではなく、海知自身がそう頼んでいた。狭い業界だから一つの仕事が次に繋がることも多く、意外な出会いが待っていることもある。全ての仕事が一人でも多くの人に、役者、椋木海知を覚えてもらえるチャンスだと思っているからだ。

「なんかもう別次元過ぎて、同じ役者だとは思えませんよ」

海知の呟きを受けて、国木田は喉を鳴らして笑う。

「あの人は役者になったきっかけも変わってるからな」

「それ、聞いたことないんですけど、きっかけって何ですか？」

海知は思わず身を乗り出して問いかけていた。このときばかりはあの夜のことなど頭から抜け落ち、ただのファンに成り下がる。

「お前もなぁ、どうだろ。知らないほうがいいような気がするけどね」

「秘密なんですか？」

「本人に隠す気はないよ」

国木田はそう言ってから、まあいいかと呟き話し始めた。

「元々は俺の事務所が口止めしてたんだ。同業者に反感を買うだろうっていうことでさ。今もその辺りが不明のままなのは、インタビューなんか好んで受ける人じゃないから、事務所が変わってからもそのままにしてるんじゃないかな」

映画やドラマの本編以外で蓮見が顔を見せることは滅多にない。番宣番組や雑誌の取材もことごとく断っているらしく、素の蓮見が喋っているところを見るのは、同業者の海知でも今回の現場が初めてだったくらいだ。だから、いろんなことが謎に包まれたままだった。

「そもそものきっかけは、日雇いバイトのエキストラ。大勢いる野次馬の一人でしかなかったのに、その場で急に台詞がついたらしいよ」

「それ、映画ですか？　ドラマですか？」

「なんだよ、見たいのか？」

国木田の問いかけに海知は大きく頷いて答える。

「ホント、蓮見さんのファンなんだな」

「いや、まあ……」

「特番のドラマだよ。うちにビデオがあるから、今度持ってきてやるよ」

ＤＶＤではなくビデオテープの時代というのも、実質、蓮見のデビュー作になるわけだから、それくらい昔でも納得だ。

「ありがとうございます。それで、その後は？」

「監督が次のドラマにも出てみないかと声をかけた。よっぽど蓮見さんの演技を気に入ったんだろうな。もっとも、本人はコンビニのバイトより割がいいからっていうだけで引き受けたそうだけど」

「そうやって次々と依頼が入るようになったってことですか？」

「そういうこと。うちの事務所が声をかけたのもその頃だよ」

初めて知った蓮見の役者のルーツに、海知は深い溜息しか出なかった。なるほど、同業者に反感を買うかもしれないと事務所が危惧するわけだ。こんなに順調なサクセスストーリーを海知はこれまでこの業界では聞いたことがない。

「ってことは、蓮見さんは役者を目指してたわけじゃなかったんですか？」

「ああ、役者になろうなんて考えたこともなかったらしい」

蓮見が仕事量をセーブするのも、大作に興味を示さないも、役者に執着がないからなのだと、この話を聞いて海知はようやく理解できた気がした。

「しかし、神様ってのは不公平だよ。そういう人に才能を与えるんだから」

「本当ですね」

海知は実感の籠もったしみじみとした口調で同意した。どうすれば上手く芝居ができるのか、日々、そればかり考えている海知にとって、天賦の才能があるのは羨ましい限りだった。

この現場に入ってからというもの、国木田との会話はほとんどが蓮見のことになっていた。知れば知るほど幻滅するのがわかっていても、気になって聞かずにはいられない。あんなことがあった後でも、その気持ちが変わらないのが不思議だった。


『ブラザーズ』の初回が放送された昨晩、そして、今日にはもう視聴率の結果が現場に届けられていた。

海知自身は満足のいく仕上がりだと思っていたし、家族や友人といった身近な人たちからは褒め言葉や祝いのメッセージを電話やメールでもらっていた。けれど、世間一般がどう思ったのかは不明だ。今では放送中でも視聴者が感想をインターネットのブログや掲示板に書き込んだりしているが、冷静に見られる自信がなくて海知は極力、そういった情報は入れないようにしていた。

「昨日の視聴率、一七・二パーセントでした。今期スタートのドラマでは最高です」

プロデューサーの友永が嬉しそうな笑顔で報告すると、現場はわっと沸き立ち、歓声が上がる。海知も周りに合わせて喜んで見せ、声をかけてくるスタッフや共演者たちとその場に合った会話を交わすものの、内心ではそれどころではなかった。

いよいよ今日が蓮見との共演シーンの撮影だ。あの夜から二週間以上が過ぎたというのに、まだどんな顔で対面すればいいのか思いつかず、この日を迎えてしまった。

「おはようございまーす」

スタジオの出入り口付近から聞こえてきた声に、海知はビクリと身を竦《すく》ませる。顔など確認しなくても、それが蓮見のものであることはすぐにわかった。

リハーサルが始まる予定時刻ちょうどに現れるのが蓮見らしい。衣装に着替えているし、ヘアメイクも終わっているから、今、現場に来たわけではないようだが、おそらくギリギリまで楽屋にいてゲームでもしていたのだろう。

「やあ、久しぶりだね、蓮見くん」

先にスタジオ入りしていた岸井が、蓮見に声をかける。

「あれ？　それって、もしかして嫌みですか？」

「まさか」

岸井は楽しげな笑顔で否定する。

海知は少し離れた場所でその様子を見つめていた。蓮見には全く不自然な様子はない。同じ空間に海知がいることは、蓮見にとっては気に留めることではないらしい。海知など蓮見の声を聞いた瞬間から動揺して顔が引きつっているというのにだ。

「それではリハーサルから始めます」

ＡＤがまずそう言ってから、次にその場面に出演する役者に立ち位置を説明していく。海知は真っ先に呼ばれ、蓮見に挨拶もできないままセットへと移動した。

今日、最初の収録は、保坂家の居間で真三と父親が婚約者とその両親を迎え、楽しく談笑しているシーンだ。全員が所定の位置に座り、監督の合図で芝居を始める。リハーサルから誰も台本など見ることなく、和やかな談笑シーンが繰り広げられる。

海知にとって幸いだったのは、視線の先がセットの襖《ふすま》になっていたことだ。おまけに隣には大先輩の岸井がいる状況で芝居をするという緊張感が、同じスタジオ内にいるはずの姿が見えない蓮見の存在を忘れさせてくれていた。

リハーサルから本番までの流れはスムーズで、最初のシーンは問題なく撮り終わる。そして、次が問題だった。

「蓮見さん、お願いします」

ＡＤが呼びかけ、待機スペースにいた蓮見がゆっくりと立ち上がる。

さっきのシーンは居間で談笑中に玄関の物音に気付き、誰か来たのかと真三が様子を見に行くと席を立つところで終わった。それに続くのが、物音の正体である半年ぶりに現れた真との対面シーンになる。

ここでは海知と蓮見、二人だけの芝居だ。短いシーンとはいえ、蓮見とまともに顔を合わせなければならない。そうすれば嫌でもあの夜を思い出してしまう。

「蓮見さんはこちらで待っていていただいて、椋木さんは居間から出てくるところから玄関に向かって歩いてきてください」

ADから立ち位置と流れの説明を受けている間はまだよかった。視線を蓮見に向けなくても不自然ではないが、この後は違う。最初こそ少し距離が離れているものの、すぐに手を伸ばせば届く距離まで近づかなければならないのだ。

「それでは、以上の流れでよろしくお願いします」

指示を全て伝えたADが、リハーサルを迎えるため早々にその場を立ち去った。海知は居間の中で、蓮見は玄関にいて合図を待つことになる。

閉められた襖の向こうに蓮見がいる。海知は大きな深呼吸をして、気持ちを落ち着けようと努めた。蓮見とは何もなかった。ただの共演者だと、何度も自分に言い聞かせる。

「カメリハ、始めまーす」

ADの声を聞いて、海知は襖を開けた。そして、すぐに玄関に顔を向ける。

「よっ、久しぶり」

「兄さん」

海知は少し驚いた様子を見せて、急ぎ足で玄関に向かう。蓮見はこちらに背中を向け玄関先に座り込んで履いていたブーツを脱いでいる。

「靴がいっぱい並んでるけど、客が来てんの？」

半年ぶりとは思えない気軽さで長男が振り返り尋ねる。それに対して、三男は自分の婚約者とその親が来ているのだと答えるだけのシーンだ。台詞が多いわけでもないし、難しい感情表現があるわけでもない。それなのに振り返った蓮見と目があった瞬間、頭が真っ白になった。

不自然なほどの沈黙が流れ、蓮見が訝《いぶか》るような視線を向けてくる。二人を捉《とら》えているカメラマンも海知の異変には気付いているだろう。

「駄目だ。台詞が飛んじゃってる」

先に声を出したのは蓮見だった。笑いながらスタッフの誰にともなく声をかける。海知はただ呆然としてその場に立ちつくすしかできなかった。

「おーい、椋木、どうした？」

大沢がモニターの前に留まったままで問いかけてくる。NGは誰にでもあることとし、海知も台詞を噛《か》んだりということはあった。けれど、完全に台詞が出てこなかったのは初めてで、大沢も不思議そうな顔をしている。

大沢だけでなく、周囲の視線を一身に集めているのに気付いても、海知はまだ動揺から立ち直れない。

「誰か、台本持ってきてやってよ」

蓮見の言葉を受け、ＡＤが台本を手に走り寄ってくる。それが差し出されて、ようやく海知は我に返った。

「あ、すみません」

「大丈夫ですか？　椋木さんが珍しいですね」

ＡＤは海知を気遣う様子を見せる。滅多にＮＧを出さない海知だから、調子が悪いのではと心配してくれているようだ。

「働き過ぎで他の現場と混じっちゃったんじゃないの？」

場を和まそうとしてくれているのか、それともただ無神経なだけなのか、蓮見がクスクスと笑いながら問いかけてくる。

「蓮見さんとの共演が初めてだから、緊張してしまって……」

海知にできた精一杯の抵抗だった。海知の調子を狂わせているのは、あの夜の蓮見の行動だというのに、まるで他人事のようにしているのが許せなかった。

「へえ、緊張してたんだ」

依然として蓮見は顔に笑みを浮かべたままで、探るような視線を海知に向けてくる。

「それじゃ、その緊張を解《ほぐ》してやろう」

そう言うなり、蓮見はいきなり海知に抱きついてきた。

「は、蓮見さんっ」

「緊張しなくなるくらい親しくなればいいわけだろ?」

蓮見は周囲に聞こえるように言って笑いを誘ってから、声を潜め耳元で囁《ささや》いた。

「あれぐらいのことでいつまでも動揺してんなよ」

海知にだけ聞こえた言葉だ。何を言い出すのだと海知は慌てて細い体を引きはがし、まじまじと蓮見を見つめた。

「監督、もう大丈夫みたい」

海知を動揺させるようなことを言っておきながら、蓮見は笑顔のままで大沢に呼びかけた。

「椋木、いけるか?」

「はい、大丈夫です。すみませんでした」

大沢に問いかけられ、咄嗟にそう答えてしまった。まだ平然と芝居をできる自信はなかったのに、余裕たっぷりの蓮見の態度につい負けず嫌いに火がついた。

「よし、じゃあ最初からもう一回いこう」

海知の言葉を受け、大沢が合図を出し、カメリハから仕切り直しをする。

状況は何も変わっていないが、海知の心境だけがさっきとは違っていた。蓮見に負けたくないという思いが湧き起こったためだ。それが上手く作用したのだろう。さっきが嘘のようにカメリハも本番もスムーズに進んだ。

自由すぎる兄と真面目な弟。もしかしたら、そのキャラクターが自分たちと被さったのもあるかもしれない。短い時間ながらも、カットの声がかかるまで海知は役に入り込んでいた。

「この勢いで次のシーンもこのままやっちゃいましょうよ。同じセットなんだしさ」

まだ余韻を残す海知とは対照的に、すぐに自分自身に戻った蓮見が、その場から動かず大沢に提案する。

「そうか。次で蓮見の出番が終わりだったな。早く帰りたいからって俺を急《せ》かすなよ」

大沢は苦笑いしながらも、さして気を悪くした様子はなかった。どうやら大沢も過去に蓮見と一緒に仕事をしたことがあるらしい。それで蓮見のこんな態度にも慣れっこのようだ。

第六話での蓮見の出演は二カ所のみ、そのうちの一つは今のところで、もう一つはそれに続くシーンだ。帰ってきた長男が居間に顔を出し、婚約者たちに職業は旅人だと自己紹介するのだが、それを聞いた父親からいつまでもふらふらしているからまともな挨拶ができないのだと怒られ、早々に逃げ出す。半年ぶりに帰宅したのは、着替えを入れ替えに来ただけという設定になっている。

「まあ、収録が早く進むのはいいことだからな」

その言葉の後、大沢はADを呼び、次のシーンの確認を始めた。

海知たちのそばにいたスタッフまでいなくなり、セットの玄関の中に海知と蓮見の二人だけになる。

「俺が早々にいなくなるのは台本どおりだけど、嬉しい？」

思わせぶりな笑みを浮かべた蓮見が、小さな声で問いかけてくる。海知以外には聞こえていないからこその質問だが、それでもこんなことを言い出す無神経さに腹が立つ。

「そうですね。仕事が嫌いな人がいると現場の志気が下がりますから」

「おっ、言ってくれるねえ」

海知の精一杯の皮肉も蓮見には痛くも痒《かゆ》くもないようだ。

「それじゃ、とっとと終わらせましょうかね」

飄々とした口調で言った蓮見は、まだ指示もされていないのに立ち位置へと移動する。次のシーンが居間の襖を長男が開けるところから始まるため、おそらく襖前の廊下だろうと見当は付けられる。けれど、海知はその場に留まった。これ以上、蓮見と二人で話をしていると、せっかく戻った芝居への集中力がまた消えてしまいそうな気がした。


騒ぎを起こすだけ起こした長男と同様、蓮見も自分の収録を終えると颯爽《さっそう》と帰って行った。

スタジオには二時間といなかったはずだ。

「おはようございまーす」

夕方から参加予定だった国木田が、明るい声で方々に挨拶しながらスタジオ入りする。出番が少ないからこの時刻になったのではなく、他の仕事の都合だ。

「あれ？　蓮見さんは？　今日、入ってたよね？」

スタジオを見回してから、国木田はスタッフに質問している。国木田と蓮見は親しいのだから、気にしていてもおかしくない。だが、いなくなったことで肩の力が抜けていた海知の不意を突くには充分だった。

「とっくに帰られましたよ。昼前にはもう終わってましたから」

「早いなぁ。ま、でも、そんなもんか」

蓮見の出演シーンを思い返し、国木田は納得したように頷いた。それから、海知に気付き足早に近づいてくる。

「どうだった？　蓮見さんとの初共演」

「あっと、よく覚えてないっていうか……」

海知は苦しい言い訳を口にする。

「そうなの？」

国木田は訝しそうに首を傾げつつも、それ以上に深くは聞いてこなかった。その代わりに海知がすっかり忘れていたことの確認をしてくる。

「で、この前のことはちゃんと謝れたのか？」

海知はあっと呟き、言葉を詰まらせる。蓮見とどんな顔で会えばいいのか、そればかりを考えていたため、ピンチを救ってもらった礼を言わなければならないことが、頭からすっかり抜け落ちていた。

「その反応、まだってことだな？」

「蓮見さん、速攻で帰っちゃったから、個人的な話をする時間なんてなかったんですよ」

「あの人らしいわ」

国木田が楽しそうに笑う。蓮見のキャラクターのおかげで、海知の言い訳に真実味が増した。また蓮見に助けられたようなものだ。

「俺も蓮見さんを見習って、早く上がれるよう一発ＯＫを狙っていくかな」

「俺は足を引っ張らないようにしますよ」

蓮見がいなければそうそうＮＧを出すこともない。現に帰った後は一度もなかった。海知は言葉に自信を滲ませる。

「そうだ、それで早く終わったら飲みに行かないか？」

「遅くなりませんか？」

「だから早く終わったらって言ってるだろ。それに、息抜きは必要だって」

言われてみれば、海知はこのドラマの撮影に入ってからというもの、仕事がらみでしか酒を飲みに行っていなかった。ほとんどオフがなかったのもあるのだが、たまに休みができても疲れを取るために寝ているばかりで終わっていた。だから、煮詰まって頭の切り替えができず、今日みたいなミスをしてしまったのかもしれない。

「確かに息抜きは必要ですね」

「だろ？」

海知が誘いに応じたことで、国木田は俄然《がぜん》、やる気が増したようだ。リハーサルまでまだ時間があるというのに、そそくさとセットへと移動を始めた。

そうやって国木田が気合いを入れた甲斐あって、夕方からの収録は驚くほど早く進んだ。大抵の場合、撮影は終了予定時刻どおりには終わらないものだが、ここまで早いのは海知の経験でも滅多にない。

「俺とお前が本気を出せばこんなもんだ」

国木田が胸を張って得意げに言う。それを聞き咎めた大沢が近づいてくる。

「なんだなんだ、二人して何か予定でもあるのか？」

「飲みに行こうかって言ってたんですよ。大沢さんもどうですか？」

「俺たちはまだ終わってないっての」

大沢から苦笑いで断られ、国木田は海知に向かって肩を竦めてみせる。

それから手早く帰り支度を済ませ、国木田が最近はまっているというダーツバーにタクシーで向かった。その時点でまだ午後九時にもなっておらず、ゆっくりと過ごせそうだ。いい気分転換ができそうな気がしていた。

「最近、マネージャーを見かけないな」

目的地に着くまでの車内で、国木田が思い出したように言った。海知がいつも一人でスタジオ入りして、帰りもまた一人であることに気付いていたようだ。

「スタジオでずっと撮影してるだけですからね。他に回ってもらってます。ロケとかで移動があるときは来ると思いますよ」

「なるほどね。大事なときに一人にしておくのはどうかと思ったんだけど、そういうことなら大丈夫だな」

国木田がマネージャーのことを気にしたのは、海知を心配してくれてのことだった。この間の一件があったばかりだから、尚更なのだろう。

「けど、考えてみれば、マネージャーがついてないのは、今の現場はお前だけじゃなかった。俺もそうだし、蓮見さんもそうだし」

不意に飛び出してきた名前に、海知は思わず息を呑む。予期していれば身構えることもできるのだが、今は完全に気を抜いていた。

「海知？」

返事がないことを訝しんだ国木田が呼びかけてくる。

「あ、すみません。兄弟揃ってるなって思ったらおかしくて……」

「ホントだな」

上手く蓮見から話題を逸らすことができたようだ。それに目的の店がそう遠くないこともあって、車内の会話はそう長くは続かなかった。国木田が運転手に指示を出し、車は店の前で停められる。

「ここだよ」

国木田が先に歩いて海知を案内する。

「結構、いい店だろ？」

店内に足を踏み入れてから、国木田は自分のことのように自慢する。確かに言うだけあって、内装は洒落ているし、海知たちが入ってきたからと言って騒ぎ出すような客もいない。店内の照明が明るすぎないのもよかった。

入ってすぐのところにカウンターがあり、その前にはスタンディングテーブルがいくつか配置されている。ダーツを楽しみながら酒を飲む店だから、腰を落ち着けて飲むような席はなかった。そしてその奥にダーツスペースがあった。

国木田は誰かを探すように店内を見回す。そして、誰かを見つけ、視線を止めた。

「お、もう来てるよ。遊びのときだけは早いんだから」

知り合いでもいたのか、国木田の言葉に釣られて、海知もその方向に視線を向ける。

「蓮見さん……」

呆然として呟いた海知が見つけたのは、奥で見知らぬ男とダーツをしている蓮見の姿だった。

「ついでだから呼んでおいたんだよ」

驚く海知にろくな説明もせず、国木田は慣れた様子で奥に向かって歩き出す。

いくら蓮見と顔を合わせたくないと言っても、引き返すという選択肢は海知にはなかった。せっかく息抜きをさせてくれようとした国木田の好意を台無しにしてしまうし、蓮見との間に何かあったのかと勘ぐられる恐れもある。

近づいていく気配に気付いたのか、蓮見がすっとこちらに顔を向け、露骨に嫌そうな表情を作った。

「早いですね。いつから来てたんですか？」

「三十分くらい前かな。ダーツバーなら一人でも遊べるし、お前が来るまでにちょっと練習しとくかってさ。まさかお前らがくるとは思わなかったけど」

蓮見は「お前ら」の「ら」にアクセントをつけて、国木田に当てこするように言った。

海知が何も知らされていなかったのと同様、蓮見もまた海知が来るとは聞いていなかったようだ。それまで一緒にダーツをしていたのは店員だったらしく、会話を邪魔しないよう国木田に会釈《えしゃく》だけして立ち去った。

「あれ？　言ってませんでしたっけ？」

蓮見はとぼける国木田の腕を軽く拳《こぶし》で殴ってから、

「何を企んでるんだよ」

「企むなんて人聞きの悪い。俺はただ共演者は仲良くなってほしいだけですよ」

国木田はそう言いながら海知と蓮見の顔を見比べる。

今日の収録で海知がNGを出したとき、国木田はその場にいなかったし、その後も上手くごまかせたつもりだった。

「仲良くなるほどまだ一緒になってないじゃん」

「そうですよ」

思わず蓮見の言葉に同意の声を上げたものの、そのせいで近くに蓮見がいることを意識してしまい、海知は不自然に視線を逸らしてしまう。

「ほらほら、その感じ。海知もさ、格好悪いところを見られてばつが悪いのかも知れないけど、気まずいままでいるのは嫌だろ？」

「それはそうですけど……」

確かに国木田の言うとおりなのだが、気まずい理由が人に話せないことだから、素直にこの気遣いを感謝する気持ちにはなれない。

「俺は別に気まずくないんだけど？」

「蓮見さんはなかなか人と打ち解けないじゃないですか。だから、じっくりと飲む機会を作ったんですよ」

国木田は意外なことを言い出した。あの岸井に自分から声をかけたというのを聞いていたから、人見知りもなく人付き合いも得意なタイプだとばかり思いこんでいた。蓮見は否定しないから、国木田の言うことに間違いはないらしい。

「ってことで、今日はゆっくりと交流を深めてくださいよ。まさか共演者の気遣いを無下にはしませんよね？」

「はいはい、わかりました」

蓮見が仕方ないというふうに軽く肩を竦めてみせる。

「海知は？」

「あ、はい、すみません」

ここまで気を遣わせたことが申し訳なくて、海知は頭を下げつつ、国木田の提案を受け入れることを示した。

「まずは飲みますか」

国木田が近くの空いている席へと先に歩き出す。

「あーあ、今日はお前とダーツ対決するつもりだったのにな」

残念そうにぼやきながらも、蓮見は国木田の後について近くのテーブルへと移動した。海知はさらにその後に続く。

「後でいくらでもできるでしょ。それに、海知も結構、上手いですよ」

「ホントかなぁ。仕事ばっかりでろくに遊んでなさそうじゃん」

蓮見は相変わらず海知を挑発するような物言いをする。そうしておいて反応を確かめるようにじっと見つめてくるのだから質《たち》が悪い。海知はむかつく気持ちを堪《こら》え、感情を表に出さないように努めた。

「できますけど、上手いかどうかはわかりません」

「そんなの、やってみりゃわかるって」

国木田は海知の背中をバンと叩く。

何故、ダーツバーだったのか。国木田の言動から本当の理由がわかったような気がする。ほとんど親しくない者同士がただ一緒に酒を飲めと言われても、話はなかなか弾まないだろう。だが、酒以外の何かがあれば状況は違ってくる。それが、海知も蓮見も嗜《たしな》むダーツだったというわけだ。

「はい、お待たせ」

さっき蓮見の相手をしていた店員がグラスビールを二つ運んでくる。先に来ていた蓮見は既に自分の分のビールを手にしていたから、国木田と海知の分だ。

「それじゃ、お疲れさまでーす」

国木田による今日一日の労働を労《ねぎら》う言葉で乾杯をして、それぞれがグラスを口に運ぶ。

「やっぱり仕事の後の一杯は美味いな」

「ですね」

海知もすぐに国木田に同意する。仕事中は飲めないから、アルコールを口にすることで仕事が終わったと実感できるのが、美味さを倍増させるのだろう。

「何言ってんだか。美味いものはいつ飲んだって美味いに決まってんじゃん」

昼前に今日の仕事を終えていた蓮見は、呆れたように言ってさらにグラスを傾ける。

「蓮見さーん、自分がこういう感覚をほとんど感じないからって、そういうひねた言い方はやめましょうよ」

「ひねてませーん。っていうか、どう考えたって、常に美味いって感じる俺のほうが幸せだし」

「はいはい、そうですね」

気心の知れた仲というのか、蓮見と国木田のやりとりは見ていて気持ちがいいほどテンポがよかった。これだけ遠慮のいらない話し方ができる関係を、同業者の中で築けているのも海知には羨ましく感じられる。

「そうだ。忘れないうちに二人でアドレス交換しときましょう」

「まあ、別にいいけど」

国木田の提案に蓮見は拍子抜けするくらい呆気なく応じた。すぐに携帯電話を取りだしたから口先だけで言い逃れようとしたわけでもない。こうなれば海知も応じるしかなかった。

もっともアドレスを交換したからといって、必ず連絡を取り合う必要はない。海知の携帯電話にも電話もメールもしない相手のアドレスが残っていたりする。きっと蓮見もそのくらい軽い気持ちに違いない。

「はい、アドレス交換終了っと」

蓮見は携帯電話に登録されたばかりの海知の情報を国木田に示す。

「これでいいんだろ？」

「一歩前進。いいことです」

「偉そうに言うな」

蓮見にパンと軽く頭をはたかれ、国木田が大袈裟に痛がってみせる。また二人の仲の良さを見せつけられ、海知は疎外感を感じてしまう。蓮見への遠慮があって会話に割って入れないのだ。

ビールを飲むしかすることがなくて、飲み過ぎないようにするつもりが、海知はついついグラスを口に運んでいた。

「あっと、そうか」

国木田が何かに気付いたように声を上げた。

「俺がこうやって喋っちゃうから、ここで会話がなくなるんだ」

指で海知と蓮見を指さし、現状を指摘した。

「そりゃ、そうだろ。こっちはお前を間に挟んでの関係みたいなもんなんだから」

答えたのは蓮見だった。そのとおりだから海知も無言で頷く。海知と蓮見は共演こそしているものの、ほとんど顔を合わせていない。同じシーンの撮影は今日が初めてで、台詞以外はあの微妙な会話があっただけだ。

「わかった。ここは思い切って、俺は先に帰りますよ」

「はあ？　何言ってんの？」

「何言ってるんですか？」

蓮見と海知はほとんど同時に、国木田へ抗議を込めて問いかけた。

「海知は人見知りするほうじゃないし、蓮見さんだって人付き合いが苦手ってわけじゃないんだから、大丈夫でしょ」

既に国木田の中では決定事項になっていて、残っていたビールを一気に飲み干すと、

「誘ったのは俺ですから、支払いは済ませておきますよ。後はお二人でどうぞ」

遣り手の見合いばばあのようなことを言って、国木田は引き留めるのも聞かずにそそくさと立ち去ってしまった。

「こんなことして、あいつに何の得があるんだろ」

怒っているのかと思っていたのだが、蓮見は呆れたように呟いて国木田の後ろ姿を見送っている。

同じ空間に客は他にもいるのだが、このテーブルには海知と蓮見の二人だけになった。国木田がいるときには疎外感からの居場所のなさを感じたが、今度は全く違う居心地の悪さに襲われる。

「これですぐに帰ったりすると、後でうるさく言われるんだろうな」

蓮見の独り言のような呟きの意味は、海知にもすぐに理解できた。国木田の馴染《なじ》みの店だから、情報はおそらく筒抜けになる。そうなると面倒見がよくて世話焼きの国木田のことだから、次はもっと手の込んだ交流を深める場を作りかねない。

「ま、俺は別にこのまま飲んでてもいいんだけどさ」

「俺だって別に……」

反射的に答えたものの、すぐに言葉に詰まる。笑いながら見つめる蓮見の顔をまともに見てしまったせいだ。

あの夜、海知を昂ぶらせた唇に視線が釘付けになる。海知の屹立を呑み込んださほど大きくない口にグラスが近づき、口中にビールが入っていく。ただそれだけのことなのに、扇情的な光景に見えて、海知は目が離せなかった。

「この前、ちゃんと帰れたんだな。俺の部屋、結構、わかりづらいところにあったろ？」

「あ、はい、一時間くらい歩きました」

「駅まで徒歩十五分なのに？」

蓮見はクッと喉を鳴らして笑う。その子供のような邪気のない笑顔が、のぼせかけた海知の頭を冷ましてくれる。

「この間はありがとうございました。国木田さんから聞きました。俺を助けてくれたんですよね？」

「まあ、結果的にはそうなるかな」

「結果的ってことは、助けようとしてくれてたわけじゃないってことですか？」

「俺は早く帰りたかったの。それなのに出入り口でもたもたしてるから、声をかけるしかなかったんだよ」

その後は海知が経験したとおりだ。言われてみれば、確かに蓮見は帰るところだったように思われる。共演者として素通りするわけにはいかないと考えたのなら、蓮見も少しはまともなところがあるようだ。

「おかげで助かりました。それと……、黙って帰ってすみませんでした」

ようやく言えなかったことが全て言えた。それだけで海知は肩の荷が下りた気がした。

助けられたことへの礼と、ろくに挨拶もできずに逃げ帰ったことへの詫び。どちらもしなければならないのはわかっていても、『あの夜』を連想せずにはいられないからできずにいたのだ。今だって決して忘れていないのだが、この状況下ではもう逃げるわけにはいかなかった。

「全くだよ。礼儀を大事にするんじゃなかったのか？」

「俺だって、できるならそうしたかったですよ。でもあんなことをされて……」

声を荒げかけた海知は、急に視線を感じて口を閉ざす。このテーブルには二人しかいなくても、すぐそばには他の客がいる。さっきまではさほど注目されていたような気はしなかったのだが、チラチラと海知たちの様子を窺う女性客の存在に気付いた。

「とりあえず笑っとけば？　俺たちが揉めてるみたいに見られるのも困るんだろ？」

先に笑顔を取り戻した蓮見が、周囲の視線を気にする海知を促す。店内は音楽も流れているし、ダーツで盛り上がっている他の客の声もある。海知たちの会話は周囲には届かないだろうから、笑顔でさえいれば親しい共演者同士で飲みに来たとしか思われないはずだ。

「全く、国木田の奴、こうやって置いてくんなら、もうちょっと店を選べっての」

器用なことに蓮見は穏やかな笑みを浮かべたままでぼやく。

「それには同感です」

「場所を変える？　ゆっくり話し合えと言われてもさ、ここじゃ無理だろ」

蓮見が国木田の提案を律儀に受け入れようとしているのは意外だったが、今後の撮影のことを考えれば、きちんと話してわだかまりをなくしておいたほうがいいだろう。

「そうしてもらえるとありがたいです」

「どこに行くかな。この辺りって、俺の活動エリアじゃないんだよ」

「俺もこの辺は……」

海知も不案内だと首を傾げる。国木田に連れてこられたから、ここにこんな店があるとわかっただけだ。それに、タクシーで店の真ん前まで乗り付けたため、周囲がどうなっていたかも覚えていない。

「じゃあ、もういっそ俺んちにしよっか。結構、近いんだ。タクシーで十分くらいだし」

そう言うと、蓮見はもう決定だとばかりに返事を待たずにテーブルを離れる。

慌てて後を追いかけ、蓮見の隣に並んでから、

「蓮見さんの部屋はやめませんか？」

海知は小声で、なおかつ控えめに申し出た。

「なんで？　一番、乗り越えなきゃいけないとこじゃなかったっけ？」

「それはそうですけど……」

痛いところを突かれて言い淀《よど》むしかない海知を尻目に、蓮見はとっとと店を出て、すぐさま走っていたタクシーを捕まえる。

「ほら、行くよ」

蓮見に腕を引かれ、海知のささやかな抵抗は簡単に封じ込められた。自分でも意識しすぎだとわかっているのだが、蓮見に触れられただけであの夜が蘇り、体が熱くなってしまいそうなのだ。

後部座席に並んで座り、蓮見が運転手に行き先を伝える。白髪の目立つかなり年配の運転手は、海知たちが役者だとは気付いていないようで、何も言わず黙って車を走らせた。

車内にはラジオの音声だけが流れている。それがせめてもの救いだった。全くの無音では息づかいさえ響いてしまいそうで、ただの呼吸でさえ意識して上手にできなくなっていたかもしれない。

蓮見はこの空間をどう感じているのか。顔を向けなくても横目にするだけでも様子は窺えるのに、見ていることを気付かれたくなくてできなかった。

たった十分のはずが、やたらに長く感じた気詰まりの時間が過ぎ、タクシーはようやく蓮見のマンションの前で停まった。

先に車を降りた蓮見は、海知がついてくることを確信していて、後ろを確認もせずに建物の中へと歩き出す。

目指す場所があんなことのあった蓮見の部屋だから、どうしても海知の足は遅くなる。けれど、追いかけないわけにはいかない。

姿は見えないが階段を上がる足音が微《かす》かに響いてきて、海知のものもそれに被さる。足音が海知一人分になってからすぐに三階に到着し、部屋の前で待つ蓮見の姿が目に飛び込んできた。

「遅いし、顔が辛気くさい」

ムッとした顔で言い放ち、蓮見はドアを開け、中に入るよう顎《あご》で海知に命令する。

そのやり方に腹は立つが、おそらく冴《さ》えない表情をしているのは事実だろうから、反論はできない。海知は小さく頭を下げて、室内に足を踏み入れた。

およそ二週間ぶりに訪れた蓮見の部屋は、あの夜と何も変わっていなかった。その変わらなさが海知を動揺させる。

「ほら、その顔」

玄関先で立ちつくす海知を追い越し間際、蓮見がチラリと横目で表情を窺い、冷たく言い放つ。

「俺、そんなひどいことした？」

「いえ、あの……」

「いつまでそこに立ってるつもりだよ」

狭い部屋だから、蓮見はすぐにテレビの前に到達し、床に腰を下ろしている。話をするなら部屋に上がって蓮見のところまで行かなければならない。けれど、今まさに蓮見がいるのは、海知が口で愛撫を受けた場所だ。

「話をするんじゃなかったっけ？　それとも帰る？」

挑発するような蓮見の口調が、海知の負けず嫌いに火をつける。カッと頭に血が上った勢いで、靴を脱いで部屋に上がり、蓮見の元に近づいた。

「まあ、座れば？」

促されて海知は蓮見の向かいに座る。

失礼にならない程度に改めて室内を見回すと、なんとも殺風景な部屋だった。１ＤＫの間取りのようだが、もう一部屋へ続くドアは閉ざされていて中は見えない。海知たちがいるダイニングキッチンはリビングとして使っているようだが、ソファもなく布団のないコタツがテレビの前にあるだけだ。その上にはゲームのコントローラーや雑誌が乱雑に乗せられている。蓮見らしいといえばらしいのだが、とても売れっ子俳優の部屋には見えない。

「ぶっちゃけ、あれくらいそんなに気にするようなことじゃないと思うんだけど」

「たいしたことないって言いたいんですか？」

「えっ？　違う？」

とぼけたわけではなく、蓮見は本心からそう言っているように見えた。二人とも具体的な言葉は口にしなくても会話は成り立つ。人に聞かれる心配がなくなっても、はっきりと言うのは憚《はばか》られた。

「蓮見さんにとってはたいしたことじゃなくても、俺には大問題なんですよ」

「男に口でイカされたことが？」

明らかに今、蓮見はクスリと笑った。器が小さいとでも言いたげな態度が、海知をさらに苛立《いらだ》たせる。

「そんなこと、普通ならあり得ないことじゃないですか」

「そっかな。俺は普通にあるよ」

語気を荒げた海知に、肩すかしを食らわせるような台詞を蓮見が飄々とした態度で口にする。

何が普通にあって、どうして蓮見は平然としていられるのか。二十数年しか人生経験のない海知には、到底、理解できなかった。だから、何も言葉を返せずにいたのだが、おそらくかなりの間抜け面を晒《さら》していたのだろう、それが答えになったようで、蓮見がさらに衝撃的な説明を加えた。

「だって、俺、ゲイだからさ」

「ゲ、ゲイ？」

驚きすぎて海知の声は裏返る。いわゆるカミングアウトというものをこれまでに一度もされたことがなかったし、多いと言われるこの業界にいながらも、海知の身近にはゲイがいなかった。いきなり告白されてもどんな対応をしていいのかわからないし、言葉の使い方を間違えれば相手を傷つけかねない。

「だから、お前らが女の子とするのと一緒。珍しくないし、普通のことだろ？」

「相手が恋人なら普通のことですけど……」

海知は蓮見の反応を探りながら言葉を選ぶ。

「それ、本気で言ってんの？」

「本気って、何がですか？」

「もしかして、恋人じゃないとキスもしないとか言うタイプ？」

間違いなく蓮見は海知をからかっている。普通なら、ゲイだと知られて蓮見のほうが分が悪くなるはずだ。それなのに、海知よりも遥《はる》かに優位に立っている。

「そんなタイプじゃいけませんか」

冷静になろうという努力は呆気なく砕け散る。気にしなければいいのだと思っても、蓮見の言い方がいちいち癇《かん》に障り、反抗的な態度を取ってしまう。

「仕事もプライベートも真面目ってわけか。つまんないなぁ」

「俺がつまらなくて、それで蓮見さんに何か迷惑かけましたか」

「かけられてるじゃん。意識しまくってNG出したりさ」

痛いところを突かれて、海知は言葉に詰まる。

「もうさ、忘れようよ。たかがフェラじゃん。セックスしたわけじゃないんだし」

あっけらかんとした口調から発せられた、『セックス』という生々しい言葉が、蓮見が男とセックスをする人間だと海知に思い知らせる。

ゲイに対して偏見を持っていないが、自分とは関係のない世界だとずっとそう思っていた。

蓮見が誰と何をしていようが、これまでと同じで海知には関係のないことのはず。それなのに、胸を締め付けられるような不快感に顔が歪《ゆが》む。

「そんなふうに言うってことは、蓮見さんは誰とでも簡単にそういうことをするんですね」

知らず知らず海知は棘《とげ》のある口調で言い返していた。表情も決して尊敬する先輩役者に向けられるような穏やかなものではなかっただろう。

「なんか責められてるみたいなんだけど。真面目な売れっ子俳優さんにはスキャンダル厳禁だろうと気を遣ってやったのにさ」

依然として蓮見の物言いは挑発的だ。適当に仕事している蓮見からすれば、真面目と茶化す海知の必死さが滑稽《こっけい》に見えているにちがいない。助けられたのは事実にしても、こんな思いをするくらいなら、いっそ放っておいてくれたほうがよかったとさえ思えてきた。

「その怒りっぽいのって、溜まってるからなんじゃないの？　この間も早かったし、結構、濃かったしね」

「蓮見さんには関係ないでしょう」

「ほら、また怒った。そんなに溜まってるんなら、抜いてあげよっか？　俺が上手いのは経験済みだろ？」

どこまでも挑発的な蓮見は、舌を覗かせ自らの唇をなぞってみせる。

もう一度どころか、海知には触れることすらできないだろうと、蓮見が嘲笑《あざわら》っている。海知にはそうとしか感じられなかった。

どうすれば蓮見を焦らせることができるのか。ほんの少しでもいいから、蓮見に一泡吹かせてやりたい。真面目なだけじゃないというところを蓮見に見せてやりたかった。

「俺をからかうのがそんなに面白いですか？」

海知は険しい顔で蓮見に詰めより、そして怒りにまかせて細い体を床に押し倒した。両手で肩を押さえつけ、太股《ふともも》の上に跨《また》がり、完全に蓮見の動きを封じる。それなのに蓮見は平然と海知を見返してくる。

「殴るんなら顔以外にしろよ。撮影が伸びるのも嫌だし、怪我の理由を説明して回るのも面倒だからさ」

「殴ったりしませんよ」

「じゃあ、何する気？」

余裕たっぷりの笑みで蓮見が問いかけてくる。海知に大それたことができないと見くびっているに違いない。

「随分と男に押し倒されるのにも慣れてるんですね」

「どうかな。そりゃ、椋木が男を押し倒すのよりは慣れてるとは思うけどね」

全く抵抗しようともせず、海知にされるがままでいる蓮見の口元には、さっきからずっと笑みが浮かんでいる。決して人を愉快にする笑みではないのに、海知はその口元に惹きつけられ、顔を近づけていく。

逃げない蓮見の唇が間近まで迫ったとき、海知は自然と目を閉じた。

自分でもどうしてそんな行動に出られたのか不思議だった。けれど、驚くくらいに蓮見とのキスに抵抗はなかった。

過去にも同性とキスをしたことはある。だが、それらは全て仕事であったり酒の席での座興であったりと、後に一切余韻を残さないもので、どれも感触すらはっきりとは覚えていなかった。

蓮見の薄い唇は見た目と違って柔らかく、吸い付くように海知の唇を捉えて離さない。ただ驚かせるつもりで仕掛けたキスに、海知は完全に酔っていた。抵抗しない蓮見の唇を割り舌を差し込む。体は密着して唇だけでなく、全身で互いの熱を伝え合う。まだ夜には肌寒さの残る季節だというのに、額に汗が滲《にじ》むほど熱くなってきた。

さんざん唇を貪《むさぼ》り、ようやく顔を離したときには、海知の体には隠しようのない変化が訪れていた。もう相手が男だろうが蓮見だろうが関係ない。とにかくこの興奮を静める場所が欲しかった。

海知の手が蓮見のシャツをまさぐる。そこで初めて蓮見が抵抗を見せた。その手首を摑んで押し返してくる。

「やめとけば？　これ以上は椋木には無理だって。途中で無理でしたって言うのは、かなり格好悪いよ？」

蠢《うごめ》く蓮見の濡れた唇は、どんな言葉を紡いでいようが、ただ海知を煽《あお》るだけだ。意味など頭に入らず、海知は誘われるように蓮見の首筋に顔を埋《うず》めた。

今度はもうシャツをまさぐり掻《か》き上げても抵抗の言葉はなかった。指先が触れた素肌は滑らかで、海知は感触を確かめながら手を滑らせていく。

「……っ……」

指先が小さな尖《とが》りを捉えた瞬間、蓮見がビクリと体を震わせた。

海知がこれまでに抱いた女性達とは違う、どこにも丸みのない体だ。当然、二つの膨らみもないのだが、蓮見はそこが感じるらしい。

あんなに余裕たっぷりだった蓮見が、海知の手によって快感を引き出されている。それだけで海知は嬉しくなり、執拗に胸を弄《いじ》くった。指先で押したり擦《こす》ったりするだけでは足らず、ずらした顔を埋め、口でも尖りを愛撫する。

「あ……ふぅ……」

甘く掠《かす》れた息が頭上から聞こえてくる。それがますます海知を煽った。

もっと蓮見を感じさせてやりたいし、それ以上に海知が蓮見を感じたかった。そのためにはどうすればいいのか。男とセックスをしたことがなくても、どこで繋がるのかくらいは知っている。

海知は体を起こすと、急いで蓮見の下肢から邪魔なものを引き抜いた。ちゃんと男の証《あかし》が

勃《た》っているのを目にしても、引くどころかむしろホッとして、自らも前をくつろげ、いきり立つ自身を外に引き出した。

蓮見の両膝《りょうひざ》を立てて開かせると、その間に体を進めようとする。早く繋がりたい一心だった。

「ちょっと待った」

海知から逃れるように蓮見は肘《ひじ》でずり上がり距離を取る。ここまで来て拒否されるのかと、海知は思ったがそうではなかった。

「俺だってこんなになってるんだから、やるのはいいけどさ。いきなりは無理。流血沙汰になるって」

「流血……？」

この状況で冷静でなどいられず、海知には蓮見が何を言っているのか理解できない。

「女の子とするみたいにはいかないんだよ。興奮したって濡れるわけじゃないし、そもそも入れるトコでもないんだから」

「それじゃ、どうすればいいんですか？」

止《や》めるという選択肢は、今の海知にはなかった。後で思い返して激しく悔やむことになろうとも、無様に方法を教わることを選んだ。

「そこの引き出しにローションとゴムが入ってるから」

蓮見が指さしたのはテレビボードの引き出しだ。海知は言われるままそこを開けると、目当てのものはすぐに見つかった。女性とのセックスでは使ったことのないローションのボトルと、使用経験のあるコンドームの袋を手にしてすぐに蓮見の元に戻る。

「貸して」

蓮見がボトルを奪い取る。どう使うのかと、海知が見守る中、蓮見は蓋《ふた》を開け、ドロリとした液体を手の平に垂らした。

「これで中を解すんだよ。じゃなきゃ、こんな大きいの入らないから」

大きいと指摘された海知の中心は、未だ勢いを損なっていない。男としては褒められているのかもしれないが、羞恥で顔が真っ赤になる。

蓮見が濡らした手を足の間に差し込んだ。

「んっ……」

おそらく秘められた奥に手が触れたのだろう。蓮見が切なげに顔を歪める。

男を受け入れるために自ら後孔を解す。目の前で繰り広げられる光景は、かつて見たことがないほど扇情的で、海知はゴクリと生唾《なまつば》を呑み込んだ。

海知のまだ知らない男の体の中を、蓮見が熱い息を吐きながら探っている。伏し目がちで頬《ほお》を上気させた表情は苦しげにも見えるのだが、中心がまだ萎《な》えていないところを見ると、痛みだけというわけでもないようだ。

「蓮見さん、俺が……」

もう自分を抑えきれず、海知は蓮見の手首を摑んだ。こんな姿を見せつけられて、ただ待っているだけなど到底、できるはずもなかった。

急いでローションを指先に振りかけ、埋められた蓮見の指に沿って海知も人差し指を奥へと差し入れた。

「う……くぅ……」

蓮見の口から苦しげな声が漏れ聞こえてくる。指でさえもこんなに締め付けるくらいに狭いのだから、圧迫感は相当なものに違いない。それに気付いても、指を引き抜くことはできなかった。

初めての熱さ、そして包み込まれるような感覚、これを指ではなく屹立で味わえば、一体、どれほどの快感が得られるのか。指とはいえ、中を知ったことで、ますます早く繫がりたいという欲望が強くなる。

海知はゆっくりと指を動かし始める。蓮見は中を解さなければならないと言っていた。そのために必要な作業なのだと自分に言い訳して、狭い中で指を蠢かす。

「あっ……はぁ……」

海知が指を動かす度、蓮見が発する息が変わっていく。さっきまで一緒に入っていた蓮見の指は引き抜かれ、中にいるのは海知の二本の指だけだ。自分の意思ではない動きが、蓮見から余裕を奪っているようだ。

三本目の指が入ったところで、顔を伏せたままの蓮見が海知の肩を摑んだ。

「も……いいから……」

普段の蓮見とは全く違う、艶《つや》めいた色気溢《あふ》れる声に誘われ、海知は指を引き抜く。そして、蓮見の両膝を抱えると、代わりに自身を奥へと押し当てる。

「あっ……ああ……」

海知が腰を進めるのに合わせ、蓮見が悲鳴に近い嬌声を上げる。指ですらあんなに締め付けていたのだから、その何倍にもなる屹立なら衝撃も相当なものだろう。それくらいはわかったが、もはや自分を止めることなど不可能だ。それに蓮見は嫌だとも止めろとも言っていないのだ。

海知は蓮見の反応を窺いつつ、動き出すタイミングを計る。一秒でも早く自身を打ち付けたい衝動はあるが、これだけきつく締め付けられていては、思うようには動けない。

ふっと蓮見の中がほんの少しだが緩んだような気がした。何もしていない海知は、その原因を探して視線を落とすと、蓮見が自らに指を絡ませているのが見えた。蓮見は快感を与えることによって、体の強張りを解いたのだ。この状態のままでいるのが辛《つら》いのは蓮見も同じ。だから、自ら行動したのだろう。

ここまで蓮見にさせて、海知が遠慮する理由などどこにもない。改めて蓮見の両足を抱え直し、海知は腰を前後に動かし始めた。

「やぁ……あ……あぁ……」

海知が腰を使うと、蓮見が嬌声を上げる。はっきりと感じているのだとわかる声が、海知の動きをますます激しくした。

蓮見の体は過去に抱き合った誰よりも熱く、海知を昂ぶらせる。最初から余裕などなかった。早すぎるとセーブすることもできず、海知はあっという間に高みへと上り詰める。

「くっ……」

海知が低く呻《うめ》き、自身を解き放った瞬間、蓮見もまた射精したのが、腹の辺りに当たる濡れた感触でわかった。

海知はどうにか自身を引き抜くと、その反動で背中から床に倒れ込む。このところ蓮見のことで寝不足が続いた上に、連日、休みナシの撮影が続いていた。そこへこの激しい運動だ。急激な睡魔が海知を襲った。

もう何もする気力も残っていなかった。少しだけ休もうと目を閉じた海知は、そのまま完全な眠りに落ちてしまった。

4

「いつまで寝てんの？」

男の声とともに強い力で体を揺さぶられる。海知《かいち》はそれをどこか夢心地で聞いていた。

高校を卒業してからずっと一人暮らしだ。起きるときは目覚まし時計か携帯電話のアラームで、たまにマネージャーの松本《まつもと》が電話で起こしてくれることもあるが、それなら最初に呼び出し音が聞こえてくるはず。だから、現実味を感じないのと眠り足りない気持ちが、海知の目を開けさせるのを拒んでいた。

「今日も朝から収録じゃなかった？　主役が遅刻すると収録時間が押すんだけど」

次第に苛立《いらだ》ちを帯び始める男の声が、やたらにリアルな単語を並べる。収録、主役、遅刻と全てが海知に当てはまり、頭が覚醒する前に体が反応して飛び起きた。

「今、何時？」

最初に出たのは遅刻を心配する言葉だった。何故、目覚ましが鳴らなかったのかとか、ここがどこかだとか、そんなことよりも撮影に遅れていないかが一番大事だったからだ。だから、自分の部屋にはいないはずの男の声で起こされたことも一瞬、忘れていた。

「朝の六時。一応、余裕を持って起こしたんだけどね」

目覚めた頭が声の主を正確に理解する。けれど、声の方角に顔を向けるのが怖くてできない。何故、自分がこの部屋で寝ていたのかをようやく思い出したせいだ。

「人んちでよくそんなにぐっすりと寝てられるもんだな」

蓮見《はすみ》から呆《あき》れたように言われ、海知は申し訳なさといたたまれなさで黙って頭を下げる。

「収録八時からだろ？　ここからそのまま行くなら間に合うけどね」

「すみません。すぐに支度します」

海知は反射的に答え、勢いで蓮見と顔を合わせる。蓮見は昨日と同じようなラフな服装ではあるが明らかに違う服で、終わると同時に寝てしまった海知が知らないうちにシャワーでも浴びたのだろう。どこかさっぱりとして見えた。

そんな蓮見に対して、海知はかなり情けない。上半身だけ見れば着くずれてはいるもののシャツは身につけていたが、問題は下半身だ。昨晩《ゆうべ》はジーンズも下着も脱がなかったはずなのに、何故か今は何一つ身につけていなかった。すぐそばに投げ捨てるように置かれていたから、寝ぼけて脱いでしまったのかも知れない。剝《む》き出しにならずに済んでいるのは腰から下に被《かぶ》せられたタオルケットのおかげだ。蓮見が情けをかけてくれたのだろう。

こんなにはっきりとした証拠が残っていれば、昨日のことを夢だと思いたくてもできない。男と、しかも尊敬していた蓮見と寝てしまったという事実は疑いようがなかった。

一体、自分は何をしてしまったのか。とても正気の沙汰《さた》とは思えない。時間を戻せるのなら蓮見を押し倒す前まで、いや、いっそ蓮見に口でイカされたあの夜にまで戻りたかった。

だが、叶《かな》うはずのない望みを考えるよりも先に、今の情けない格好はどうにかする必要がある。動揺して震える手でジーンズを引き寄せ、タオルケットの中でどうにか足を通し、蓮見に背を向けて立ち上がってからファスナーを上げた。

「大丈夫？」

不意に背中にかけられた問いかけに、海知はビクリと体を硬直させる。いつもと変わらない蓮見に比べて、海知一人が動揺し、平常心を失っている。それを知られたくなくて、海知は振り返り問い返す。

「な、何がですか？」

口から出てきたのはとても大丈夫だとは言えない、上擦《うわず》った声だった。恥ずかしさから火がついたように顔が熱くなる。

「パンツ、穿《は》き忘れてるけど」

呆れたように言って蓮見が床を指さした。言葉の意味を理解するより先に釣られて床を見ると、そこには見覚えのある黒のボクサーパンツが置き去りにされていた。海知は慌ててそれを拾い上げ、蓮見の視線から隠そうと両手の中に握りしめる。

さっきまでは気にならなかったのに、穿いていないことに気付いた瞬間から、直《じか》にジーンズだというのが収まりが悪く落ち着かなく感じる。けれど、蓮見の前で剝き出しの下半身をさらけ出す勇気はなかった。

「トイレを貸してください」

海知は不自然に視線を逸《そ》らして頼んだ。せめて蓮見の視線のない場所で着替え直したい。

「あっち」

ぶっきらぼうに蓮見が指で玄関の方角を指し示す。短い廊下の途中にドアが一つ見えている。そこがトイレなのだろう。海知は小さく頭を下げ、手の中に下着を隠したままそそくさとそこに駆け込んだ。

後ろ手にドアを閉め、狭いユニットバスの中で一人になる。海知はバスタブの縁に腰掛け、ようやくまともに呼吸した。ドア一枚隔てただけだが、やはり蓮見の視線がないと違う。

あんなことがあったというのに、しかもまだ半日も経《た》っていないのに、蓮見には全く気にした様子は窺《うかが》えない。なにも言い出さないのは、言い出せない海知とは違い、わざわざ蒸し返すほどのことではないと思っていそうだ。

もし、海知がこの先も何も言わずにいたら、蓮見も黙ったままでいてくれるのかもしれない。顔を合わせる機会もほとんどないのだし、何もなかったことにできるかもしれないという、淡い期待が胸を掠《かす》める。

だが、そうさせてくれない人間が一人いる。じっくり話し合うようにと海知と蓮見を引き合わせた国木田《くにきだ》だ。国木田とは近々、収録日が重なる予定だ。自分が帰った後、どうなった

のか、必ず尋ねてくるだろう。

考えはまとまらないが、いつまでもここに籠《こ》もってはいられない。仕事にも行かなければならないのだ。海知はジーンズを脱いで、下着を身につけてから、再び穿き直す。そうするともうトイレに籠もる理由はなくなる。

「ありがとうございました。俺、帰ります」

思い切って廊下に出た海知は、声だけかけてそのまま逃げる作戦に出た。幸い、部屋に戻らなくても、玄関には行けるし、むしろ、こっちのほうが近いくらいだ。

「帰るのはいいけど、鞄はどうすんの？」

部屋にいた蓮見が溜息《ためいき》混じりで問いかけてくる。

あっと呟き、海知は片足だけ靴を履いた状態で動きを止めた。遊びで出かけるときは、携帯電話と財布をポケットにいれるだけで済ませるのだが、昨日は撮影だったから、台本も入る大きさの鞄が必要だった。それを室内に残したままなことをすっかり忘れていた。財布も携帯電話もその中にあるから、このままではタクシーどころか電車にも乗れない。

格好悪くて情けなくても部屋に戻るしかなく、海知は顔を真っ赤にして鞄を取りに行く。

「なかったことにしてやろうと思ったのにさ」

海知が鞄に手をかける前に、蓮見が完全に呆れかえったという口調で言った。

「そこまで意識されると無理だよな」

「今は……、無理ですけど」

「時間が経てば大丈夫だって？」

海知の言葉の続きを蓮見が奪い取り問いかけてくる。

「そうです。蓮見さんとはまたしばらく会いませんから」

昨日の収録で第六話での蓮見との共演シーンは終わった。次の回は国木田がメインと聞いているから、蓮見はそれまでのように別撮りのシーンが挿入されるだけになるだろう。

「甘いな。先の台本を見てないの？」

「上がってるんですか？」

「九話までは。今回はあの先生も優等生だ」

蓮見にかかっては売れっ子脚本家も言われたい放題だ。どの作品に出たいとか、そういった欲が蓮見にはないから、誰に対しても態度を変えることがない。

「そう言うってことは、蓮見さんはもう読んだんですね？」

「当然。俺は出番が多くないことを条件に出てるんだもん。先にチェックしとかないと」

蓮見は当たり前のことだとでもいうふうに、平然とした顔で言い放つ。画面を通してでしか蓮見を知らなかった頃なら嘘《うそ》だと思うところだが、今ならこれが真実だと海知にもわかる。

それでも唖然《あぜん》とすることには変わりなかった。

「これから毎回絡みがあるよ。でもって、八話が俺メインの話。できんの？」

挑発するように口元に笑みさえ浮かべて問いかける蓮見に、海知は何も言い返せない。現に昨日、動揺するあまり、NGを出したばかりだ。

「フェラだけであれだし、今度はそれ以上になるのは間違いないか」

海知の返事など期待していないのか、蓮見は一人で話を進めている。

「お前がNG出すと撮影が延びて、俺の拘束時間も長くなる。それは避けたいんだよな」

蓮見らしい理屈を口にして、何かを考えるように首を傾《かし》げていたが、やがて、結論が出たらしく、ニッと笑った。

「仕方ない。ドラマが終わるまでは芝居でもしよっか」

「芝居?」

蓮見は急に何を言い出すのか。その疑問がようやく海知の口を開かせた。

「そ。芝居。周囲に知られちゃいけない関係、つまり俺たちが恋人同士だっていう設定で演じるんだよ」

予想外の提案に海知はまた呆気《あっけ》に取られる。蓮見の発想はいつも海知の理解を超えていた。現状でも冷静でいられる自信がないのに、恋人同士の設定など、どうして受け入れることができるというのか。

「そんな悲愴な顔しなくたっていいじゃん。ただの芝居なんだから」

「無理ですよ、そんなの」

「なんで？　お前、プロじゃないの？」

癇《かん》に障る言い方が海知のプライドに火をつける。演じる前からできないと言うのは、自分が役者であることを否定しかねない。同業者だからこそ、どこを突けば海知を動かせるのかが蓮見には手に取るようにわかるのだろう。

「蓮見さんと付き合ってる設定にすれば、昨日のことがなかったことになるんですか？」

「なるわけないじゃん」

蓮見は即座に否定すると、馬鹿馬鹿しいとばかりに声を上げて笑う。

「けどさ、人に知られちゃいけないことがあるのは一緒だろ？　だから、常に人の目を意識して緊張してろってこと。俺と一緒にいるときだけな」

詳しく聞けば蓮見の言うことにも一理あると納得できる。今の海知は蓮見を意識しすぎている。その気持ちを恋人同士だから周りに気付かれないよう、神経を尖《とが》らせているせいだということにしてしまおうというのだ。

ドラマの役柄を演じる以外にも、ただの共演者として振る舞わなければならないとなれば、蓮見を意識している余裕もなくなるかもしれない。

「できるよな、プロなんだから」

海知の顔色を読み取ったのか、既《すで》に気持ちを固めていることを蓮見が挑発的な言葉で確認を求めてくる。

「当然でしょう。プロですから」

蓮見に上手《うま》く乗せられているのはわかっていても、海知はそう言い返さずにはいられなかった。役者としての技量は敵《かな》わなくても、せめてプライドだけは持っていたいし、蓮見の前で卑屈でいるのも嫌だった。

「ま、言うだけなら誰でも言えるけど」

「蓮見さんこそ、俺の足を引っ張らないでくださいよ」

「言ってくれるじゃん。俺を誰だと思ってんの？」

他の誰かが言えば冗談にしか聞こえない台詞《せりふ》も、天賦の才能を持つ蓮見が口にすれば、急に現実味を帯びる。だが、いくら傲慢で不遜《ふそん》な言葉でも、蓮見なら許されるのだ。

「早速、今日から始めるよ」

「蓮見さん、収録ありましたっけ？」

記憶を辿《たど》るまでもなく、出番の少ない蓮見の収録予定は頭に入っている。第六話分の蓮見の出演シーンは昨日の内に全て撮り終えたはずだ。

「馬鹿だねえ。芝居をするのは俺相手にだけじゃないんだよ。昨日、あれからどうなったかって、絶対に国木田の奴は聞いてくるから」

蓮見の指摘に海知はあっと言葉を詰まらせた。昨夜の衝撃があまりにも大きすぎて、そのきっかけになった国木田のことをすっかり忘れてしまっていた。国木田とは今日も収録で一緒になるのだ。

「ちゃんと言い訳を考えてろよ」

「わかりました」

「素直じゃん」

蓮見が楽しげに喉《のど》を鳴らして笑う。同じことをしたのに、蓮見だけが余裕たっぷりでいるのは気に入らないが、こうして普通に会話ができているのは蓮見の突飛な提案のおかげだ。

「それじゃ、俺は仕事に行きます」

せっかく蓮見が余裕を持って起こしてくれたのに、いつまでもここにいては収録に遅れてしまう。

「服は着替えていったほうがいいよ」

「言われなくてもわかってます」

海知はムッとした勢いのままで立ち上がり、蓮見の部屋を飛び出した。階段を駆け下りたところまでは前回と同じだが、違うのは夜ではなく朝だということだ。おまけにもう道もわかっていて、迷うこともない。

大通りに出てタクシーを捕まえ、車内に乗り込むと、海知もようやく少し冷静さを取り戻した。スタジオに行く前に自宅に戻って着替える時間は充分にあるし、急げばシャワーも浴びられるだろう。つまり蓮見はそれだけの余裕を持って海知を起こしてくれたというわけだ。

それなのにまた礼の一つも言えなかった。

「何やってんだ……」

海知は自嘲気味に小さく呟《つぶや》く。車内に流れるカーラジオの音で運転手にまでは聞こえなかったらしく、問い返されずに済んだ。

蓮見との二度目の共演は、予想していた以上に早く巡ってきた。当初から決められていたとおり、第八話が蓮見演じる長男がメインとなるストーリーだったのだ。第七話は昨日のうちに全て撮り終わり、今日からその八話の収録が始まる。

あの夜からまだ二週間と経っていないが、気持ちを落ち着けるには充分な時間だったと思っている。その間の芝居は完璧だったはずだ。国木田にどうなったのかと尋ねられたときにも、場所を変えて一時間ほど話したという説明で納得してもらえた。

先にスタジオ入りしたのは海知だった。遅刻をしない、余裕を持った行動はいつもどおりにしても、それ以上に落ち着かない気持ちが海知の動きを速くしていた。

「いよいよ残り二話だな」

監督の大沢《おおさわ》が近づいてきて、挨拶《あいさつ》もそこそこに話し始める。蓮見が来るまで、どうやって冷静でいようか考えていた海知には好都合で、すぐに大沢の会話に乗った。

「いよいよって、そういうのは最終話のときに言う言葉じゃないですか」

「ああ、そうか。ラストの脚本を昨日、読んだとこだったから、ついな」

「最終話、できたんですね？」

海知は顔を輝かせて確認する。出演者に渡されているのは第九話までで、この物語がどんな決着を着けるのか気になっていたのだ。

「さすが浅沼《あさぬま》先生だよ。粘りに粘って頼んだ甲斐《かい》があった」

「俺たちはいつ読めるんですか？」

「九話をほぼ撮り終えた頃かな」

早く読みたいという期待をあっさりと打ち砕かれ、海知は恨めしげに大沢を睨《にら》んだ。八話でさえ今日から撮り始めるところだというのに、九話も終わり頃となると半月以上は先の話になる。

「そんな顔するなら、NGを出さないでとっとと収録を終わらせることだ」

大沢がもっともなことを言って、ハッパをかけるように海知の肩をバンと叩いて去っていった。収録開始予定時刻の五分前となり、ADに呼ばれたためだ。

このドラマの撮影は基本的にストーリーに沿って行われる。ロケが必要なところは飛ばしていくが、八話のオープニングは自宅での朝食シーンで、そこから今日の撮影を始める予定になっていた。登場するのは海知と岸井《きしい》、二人だけだ。

蓮見との共演シーンはもう少し話が進んでからで、だからなのか、蓮見はまだスタジオ入りしていない。できるなら蓮見のいない間に、収録を進めておきたかった。恋人同士の芝居をすると決めたものの、蓮見と一緒の現場で実践するのはこれが初めてで、どんなふうに演じるのかプランを決めかねていた。

「おはようございまーす」

予定時刻の二分前、緊張感の欠片《かけら》もない声とともに蓮見がスタジオにやってきた。

「ギリギリだね」

岸井が笑いながら蓮見を出迎える。そろそろセットの立ち位置に呼ばれる頃合いだったが、主要キャストの登場でスタッフたちも一時、動きを止める。

「でも、間に合ってるでしょ？　ちゃんと計算してるんですよ」

岸井に応じる蓮見はいたく自慢げだ。もっとも楽屋に立ち寄る時間はなかったらしく、手には鞄を持っている。

「ゲームをしていて寝過ごしたんじゃないのかな？」

問いかける岸井の声には決して怒っているような様子はない。蓮見は遅刻しているわけではないし、そもそも岸井は怒るような人柄ではなかった。これまで共演経験がないから知らなかっただけだ。役柄による厳格なイメージを勝手に持った挙げ句、大御所だからと周りが遠巻きにしていたのだろう。そんな岸井に遠慮なく近づいていった蓮見は、かなり新鮮に映ったに違いない。

「寝過ごしはしてませんけど、ばっちりやってましたよ。岸井さんはどこまでレベルを上げました？」

蓮見は得意な顔で尋ね返している。同じ空間にいるのに、蓮見の視界に海知は入っていないのか、チラリとも視線を向けてこない。

「あ、そうだ……」

海知は思わず小さな声で呟き、周りに聞かれていないか確認するため慌てて周囲を見回した。幸い、収録前のどたばたで呟き程度の声を聞き咎《とが》めた人はいなかった。

芝居は二週間前から始まっているのだ。海知と蓮見は恋人同士で秘密の関係。だから、共演したのは僅《わず》か一シーンのみで、それほど親しくもない共演者という態度を取らなければならない。蓮見はもうそれを演じていた。

蓮見に負けたくない。海知は心の中でもう一つのドラマを演じるつもりで、役者「椋木《くらき》海知」のスイッチを入れた。

談笑している二人にわざわざ近づいていって、会話を遮ってまで挨拶する関係ではないから、海知はその場に留《とど》まったまま、監督の指示を待つ姿勢を貫いた。

「それでは予定時刻になりましたので、収録を始めていきたいと思います」

まずはADがスタジオ中に響き渡る声で宣言する。全員の注目が集まったところで、続いて大沢が口を開く。

「今日から第八話の撮影に入ります。ようやく蓮見さんが活躍する回ですから、よろしくお願いしますよ」

いつもはもっとフランクな喋《しゃべ》り方をする大沢が、わざと丁寧な口調で全員に聞こえるように蓮見に話しかける。

「メインキャストにしてもらっている以上、それに見合った働きはさせてもらわないとね」

蓮見が軽口で返し、スタジオ内に笑いが広がる。収録直前の雰囲気としては、適度に緊張が抜けてちょうどいい具合だ。

第八話は結婚式を十日後に控え、準備もほぼ終わった頃、ひょっこりと戻ってきた長男が騒動を起こすというのが、おおまかな流れになっている。これまで長男は電話や別撮りの放浪シーンだけの出番だったから、残り二話になってようやく本格的な登場というわけだ。

「椋木さん、岸井さん、こちらにお願いします」

最初のシーンを撮影するため、海知と岸井がセットの居間へと移動する。和室の座卓には食べ終えた直後といった食器が並んでいて、そこに二人は向かい合わせに座った。

「この食事ももうすぐ終わりですね」

岸井が食卓を見ながら、まるで台詞《せりふ》のようにしみじみと呟く。親子での食事シーンは毎回一度は入っていた。それも収録が終わると同時になくなる。

「今からそんな寂しいこと言わないでください。台本にないのに泣いたらどうしてくれるんですか」

海知が本音を交えた冗談で返すと、岸井は穏やかな笑みを浮かべる。

「そうですね。椋木くんに泣いてもらうのはクランクアップのときにしましょうか」

「俺は泣きませんよ」

ムキになって否定すると、そばにいたスタッフがプッと吹き出した。

岸井のおかげで和やかな雰囲気のまま、リハーサルが始まる。もう三カ月近くも親子役を演じているから、岸井との息はぴったりで本番が終わるまでミスは一つも出なかった。

「はい、OKでーす。このまま次のシーンも続けていきましょう」

機嫌のよい大沢の声がかかり、海知たちのところにスタッフが飛んでくる。

「こちらでお待ちいただけますか?」

ADが海知たちの顔色を窺うように尋ねてきた。

「俺はいいけど……」

「私もかまいませんが、次は蓮見くんのシーンですよね。確か、玄関前じゃなかったですか?」

二人とも同意はしたものの、やはり理由が気になり、代表するかのように岸井が問い返してくれた。

「あ、はい、そうなんですけど、蓮見さんがすぐに終わらせるからって……」

岸井に遠慮してか、ADは言いづらそうにしながらも事情を説明する。

この後は順番どおり、玄関前で家の様子を窺う長男のシーンを撮影することになっていた。蓮見一人での芝居になるから、蓮見さえミスしなければ確かに早くは終わる。相変わらず蓮見は芝居に関しては自信満々だ。

「蓮見くんらしい。それじゃ、待たせてもらおうかな」

それでいいかというふうに岸井から視線を向けられ、海知は頷いて応える。

セットの中で座っているのはさっきと同じでも、今度は静かにしていなければいけないから、どうにもおかしな気分だ。それは岸井も同じだったらしく二人で顔を見合わせて声は出さずに笑い合った。

海知たちのいる場所から、蓮見がいる玄関前は死角になっていて、本番が始まったことはわかっても、実際に何をしているのかはわからない。ただ蓮見が芝居をしているのは気配で感じられた。

「予定どおり、一発ＯＫっ」

大沢の声が上がった瞬間、スタジオ中で笑いが広がる。海知たちには見えない場所で、どうやら蓮見が何かリアクションを見せたようだ。

何があったのかはっきり知りたいと、海知が様子を窺うために腰を上げかけたとき、不意に蓮見が姿を見せた。

「ね、たいして待たせなかったでしょ」

岸井だけでなく、海知にも視線を向けて、蓮見が笑顔を見せる。これで海知は確信した。スタジオ入りしたときに海知を見なかったのは、無視していたからではなくこれまでと変わりない態度を演じていたからだ。

「さすが、蓮見さんですね」

蓮見に負けたくないという思いが、自然と海知を突き動かした。自分から進んで声をかけるだけでなく、立ち上がり蓮見の元へ向かう。

「改めて今日からよろしくお願いします」

ほぼ初共演となる先輩役者に対する後輩の態度を海知は我ながら完璧に演じきったと心の中で自負していた。あの夜から少し時間が経ったのもよかったが、それ以上の要因が他にある。蓮見に完璧な芝居を先に見せつけられていたせいだ。

「いやいや、こっちこそ、できの悪いお兄ちゃんをよろしく頼むよ」

蓮見はふざけた口調で応じ、余裕の笑みを浮かべる。こんなふうに余裕の態度を見せられれば見せられるほど、海知はますます発憤して芝居に熱が入る。蓮見はそこまで想定して、恋人同士を演じる計画を持ちかけたのだろうか。飄々《ひょうひょう》とした蓮見の態度からは真意を探ることはできなかった。

「このまま次を始めても大丈夫ですか？」

確認を取りに来たＡＤに対して、海知たちは三人揃《そろ》って大丈夫だと答える。

次のシーンは海知と蓮見、それに岸井の三人での芝居だ。出勤するために家を出た三男が、玄関先で座り込む長男を見つける。二人の声を聞きつけて出てきた父親の姿を見るなり、長男は逃げだし、三男は慌てて追いかけるという、慌ただしいシーンになっていた。

動きが大きいと役者同士の呼吸を合わせるのが大事になってくる。それぞれが所定の位置に立って、大沢の指導の下、段取りを打ち合わせ、実際に動きながら確認していく。

その間、海知は気付けば蓮見の動きを目で追っていた。いや、蓮見をというよりも、そこにいる長男の真《まこと》の姿をだ。それくらい蓮見は自然と役に入り込む。どうすればそんなふうに演じられるのか。二度とないかもしれない共演期間中に、少しでも盗めるものがあれば盗みたい。その一心で、恋人同士の設定のことなどまるで頭になかった。

一通りの確認が終わると、今回は動きが多いと言うことで、一度、カメラを回さずにリハーサルをして、その後、カメリハ、本番という流れに決まった。

海知と岸井はセットの家の中でスタンバイし、蓮見は外だ。玄関の扉を閉めて、スタートの合図を待っていると、

「彼のような役者と共演するといい刺激になるでしょう」

岸井が小声で話しかけてくる。さっき蓮見を凝視していたのを見られていたようだ。

「でも、焦ることも多いんです」

海知も小声になりながら正直に答える。相手が岸井なら年齢の差だと納得できるのだが、たった七歳差の蓮見に完璧な演技を見せられると、果たして自分がその年齢になったとき、同じようにできているのか不安が残る。

「それでいいと思いますよ」

岸井は優しい笑みを浮かべ、海知の焦りを受け止めてくれた。

「彼が天才だから特別なんだと決めつけるよりは、そのほうがずっといい」

「ありがとうございます」

向上心を持ち続けることは大事だと言ってくれる岸井に、海知は小さく頭を下げて安堵《あんど》の笑みを漏らす。ただ岸井までが蓮見を天才だと認めていることには驚かされた。

「さて、私たちも彼に負けずに頑張りましょうか」

岸井が海知を促したのは、外からＡＤの合図が聞こえてきたからだ。

尊敬できる大先輩がいて、信頼するスタッフに囲まれた二人きりではない現場では、恋人同士の芝居を演じる必要がないくらい、海知は集中して撮影に取り組めた。蓮見と岸井の二人の足手まといになりたくなくて必死だったせいもある。

三人のシーンも無事に終わり、その後も撮影は順調に進んだ。途中から国木田や南《みなみ》も合流したが、それまでに本番以外でも演じる心構えができていたおかげで、ただの共演者である蓮見への接し方を誰にも訝《いぶか》られることはなかった。

常に二つの役柄を意識する。それはこれまで味わったことのない緊張感があり、かつてないほどの集中力を必要とする。だから、あの日以来、初めて蓮見と顔を合わせるというのに、濃密な夜のことを思い出さずに済んでいた。

蓮見はここまで考えてあんな提案をしてきたのだろうか。それも考えていたのはほんの一瞬の間だった。いくら体を重ねても、出会って間もなく、互いのことはほとんど何も知らないはずだ。それなのに蓮見は海知の性格を的確に見抜いていたことになる。

夕方近くになり、誰よりも先に本日分の収録を終えた蓮見が颯爽《さっそう》とスタジオを出て行く。海知はその後ろ姿を不思議な気持ちで見送った。


第八話の収録が始まって三日が過ぎた。恋人設定の芝居のおかげか、これまではっきりとしたNGは出さずに来たが、今日は違う気がする。海知は朝から嫌な予感を抱えてスタジオ入りした。

「今日は順番変えて、キスシーンから先に撮ってくか?」

「え、あ、はい」

大沢からの急な提案に、海知は首を傾げながらも反対する理由がないから同意する。というのも、三男と婚約者のキスシーンは台本では三シーン目になり、前の二つのシーンも海知と南だけで場所もほとんど同じだ。あえて順番を入れ替える必要性を感じなかった。

「時間が経てば他のキャストもやってくるぞ。ギャラリーは少ないほうがいいんじゃないかっていう、俺の気遣いなんだけどな」

「それはそうですね。ありがとうございます」

収録は朝一番から行われるが、その時刻に集合している出演者は、海知と南だけだ。先に二人のシーンを纏《まと》め撮りして、時間をずらして他のキャストが合流することになっている。

「いやいや、椋木のためっていうより、のぞみちゃんのためですよ」

大沢の視線がスタジオの隅でマネージャーと一緒にいる南に注がれる。南は注目を浴び始めてきたところで、ドラマ出演の本数はそう多くない。キスシーンも今回が初めてだと聞いている。撮影をスムーズに行うため、監督が気遣うのは当然と言えるだろう。

「ちゃんとリードしてやってくれよ」

「俺だって得意じゃないんですけど」

「男の役目」

海知の愚痴を大沢があっさりとかわし、撮影の準備に入る。

ラブシーンはこれまでにも何度か経験しているが、進んでやりたい仕事ではない。他の演技と違って、どうにも私生活を覗《のぞ》き見されているかのような落ち着かなさがあるのだ。けれど、今回はそうも言っていられない。海知のほうが先輩だし年上だ。大沢の言うとおり、海知がリードするしかないだろう。

セットで作られた婚約者の部屋に海知と南が呼ばれ、ソファに並んで座って、大沢から流れの説明を受ける。

長男が舞い戻ってきたことでいろいろと騒動のあった一日を振り返り、疲れ果てている三男に、婚約者が労《いたわ》るように優しくキスをする。台本上は婚約者から仕掛けるキスを実際は海知がリードしなければならないのだから厄介だ。

「カメラはこの角度で狙うから、椋木はこっちに顔を傾けて……」

大沢の説明が続き、海知と南はそのとおりに顔を近づけていく。もっとも本当に唇を合わせるのは本番だけで、今はいわば寸止めの状態だ。大事なのはタイミングやカメラの位置を確かめることだから、本当にキスをしているかどうかは問題ではなかった。

引き続き行われたリハーサルもつつがなく終わり、このまま本番に進もうというときだった。海知にとっては最悪な出来事が現場の雰囲気を変えた。

「あれ、蓮見さん、どうしたんですか？」

思いがけない人物の名前が、本番前のスタジオ内に響く。海知は反射的にその声がしたほうに顔を向けた。

蓮見の今日の入り時間は海知よりも二時間後のはずだ。それなのに何故だかスタジオ内に蓮見がいた。ＡＤが驚きの声を上げるのも無理はない。

「岸井さんからメールで呼び出されたんだよ。対戦相手がいないんだって」

「またゲームですか？」

ＡＤが呆れたような疑問を口にする。蓮見のゲーム好きはここのスタッフなら誰でも知っているし、その縁で岸井と仲がいいことも周知の事実だ。

「悪い？　そのためにちゃんと早く来たんだけど」

「楽屋でしてくださいね。今、大事なシーンを撮ってるところなんですよ」

「大事じゃないシーンがあるんですかぁ？」

茶化して問いかけた蓮見が、どこを撮っているところなのかと、海知たちのいるところに視線を向けた。

人が集まる中心にいたのが海知だから、蓮見とまともに目が合ってしまった。

何も後ろめたいことなどしていないのに、これから女性とキスシーンをするという事実が海知の瞳を伏せさせる。だから、蓮見がどんな表情をしていたのか、確認することはできなかった。

「ああ、このドラマで初のラブシーンか。せいぜい大人しくしてますよ。それに岸井さんが来たらすぐに楽屋に引っ込むしね」

「スタジオを待ち合わせ場所にしてるんですか？」

「だって、一番わかりやすいじゃん」

蓮見は悪びれずに笑っている。

待ち合わせをしているというのだから、岸井もそう遅れずにやってくるだろう。だが、それはまもなくなのか五分後なのか、本番が始まるまでには来てほしい。そんな海知のささやかな願いは、大沢の声で呆気なく打ち砕かれる。

「よし、本番行こうか」

もうリハーサルは済んでいるし、反対する理由はない。問題なのは集中できていない海知の気持ちだけだ。大沢に頷《うなず》いて答えながらも、意識はスタジオの隅にいる蓮見にばかり向かっている。

大沢たちスタッフが立ち去ると、間をおかずに本番スタートの声がかかる。少しでも待つ時間ができると南がキスを意識しすぎるかもしれないから、それを配慮してのことだろう。

「疲れた顔してる」

南が台詞を口にして、間近で海知の顔を覗き込む。

「そう……かな？」

「そうだよ」

さらに顔を近づけてきた南が、海知の額に自らの額をコツンとぶつけて優しく微笑《ほほえ》む。

そして、どちらからともなく自然と距離を縮め、唇が重なり合うはずだった。

「カットーっ」

スタジオ中に響き渡る大沢の声。もっともそれがなくても、海知は今のシーンが撮り直しになるとわかっていた。

「すみません。頭が真っ白になって、段取りが飛びました」

海知は自らのミスを認め頭を下げた。本当なら海知も顔を近づけていかなければならないのに、全く動けなかったのだ。

「大丈夫か？」

足早に近づいてきた大沢が心配した様子で問いかけてくる。さっきまでは順調にリハーサルをしていたのに、急におかしくなったのだから心配されるのも無理はない。

「一瞬、我に返っちゃったんですよ」

「おいおい、リアルに南ちゃんとキスできる気になったのか？」

大沢が冗談めかして問いかけると、周囲に温かい笑いが広がる。

「違いますよ。慣れてないから、いつもどうしてたっけって思い出そうとしたら素に戻ったんです」

「そうか、ラブシーンはあんまり経験なかったんだったな」

「はい、それにリードする立場になるのは初めてです」

海知は頭を掻《か》きながら、自らの経験のなさを告白した。どれも事実ではあったが、隠していることもある。それはさっきから痛いくらいに感じている蓮見の視線だ。恋人同士という設定なら、せめて席を外してくれればいいのに、面白がっているのか、蓮見はずっと待機スペースに座ったままでいた。

「お茶でも飲んで気持ちを切り替えてこいよ」

このまま続けてもまた同じミスをしかねないと、大沢は心配しているのだろう。だから、本当は蓮見のいる場所には近づきたくなかったが、勧められた以上、行かないわけにはいかなかった。

「すみません。それじゃ、ちょっと一息入れてきます」

海知は周囲に詫《わ》びながら、待機スペースへ移動した。

「ラブシーンが苦手なんだ？」

他人事《ひとごと》の顔をした蓮見が、冷やかすような問いかけで海知を出迎える。

「ええ、まあ」

海知はつい仏頂面で答えてしまう。面白がって見物されていたことへの恨みが態度に出るのも無理はないだろう。

「座ったら？」

蓮見がわざわざ隣のパイプ椅子を引いて、海知に座るように勧める。共演者として自然な行為だ。これを断るほうが不自然に思えて、海知は大人しく言われるまま隣に腰を下ろす。

「椋木さん、どうぞ」

大沢から指示を受けたのか、ＡＤが冷たいウーロン茶の入った紙コップを差し出してきた。

「ありがとうございます」

受け取った海知がすぐにそれを飲み干すと、待っていたように蓮見が席を立つ。

「しょうがない。可愛い後輩のために、ギャラリーを一人でも減らしてあげるとするかな。トイレに行ってきまーす」

蓮見は海知にではなく、周囲にいるスタッフに聞こえるような声で言ってから、出口に向かって歩き出した。けれど、すぐに海知の背後で足を止める。

すっと肩に手が置かれ、海知が振り向くより先に、蓮見が背を屈《かが》めて耳元に顔を近づけてきた。

「相手を俺だと思えば？」

耳を掠めた言葉にハッとして振り返ると、既に蓮見は海知から遠ざかっていた。

聞き間違いかと疑うくらいに小さな声だったから、海知にしか聞こえていなかったはずだが、それでも仕事場で口にするのは危険すぎる。

勝手なことを言う蓮見に腹を立てても、周囲に気付かれるわけにはいかないから言い返すこともできない。けれど、いなくなってくれたのはありがたかった。

「監督、すみませんでした。もう大丈夫です」

蓮見が戻ってこないうちにと、海知は立ち上がり急いで大沢に撮影の再開を申し出る。

「いけるか？」

「これじゃ、俺のほうが初めてみたいで情けないですから」

海知が見つめる視線の先には、セットの中で海知を待つ南の姿があった。

「言えてる。じゃ、しっかり頼むぞ」

はいと力強く頷いて、海知は元の位置へと移動した。南にもう一度詫びていると、すぐに大沢の声がかかり、撮り直しが始まる。

さっきと同じ台詞を口にし、同じような仕草を繰り返す。ただ今度は海知の動きも止まらなかった。

近づく南の顔に、あの夜、蓮見が見せた官能的な表情が被さる。猛烈にキスをしたいという衝動が海知を襲う。ゆっくりと味わえなくても、ただ触れるだけでいい。きっとそれだけでも満たされた気持ちになるはずだ。

柔らかい唇が海知のそれに重なる。時間にすればほんの二、三秒の短いキスは、南が顔を離したことで終わった。

「元気出た？」

「うん、ありがと」

自然と台詞が口をついて出ていた。キスをしている間は、確かに蓮見を想像していたが、目を開けて南の顔を見た瞬間、役者に戻れた。

「はい、カット」

満足げな大沢の声で、海知は無事に今のシーンを撮り終えたことを悟った。

「さっきはごめんね」

海知はまだそばにいる南に、最初のＮＧを出したことについてもう一度、謝罪する。

「大丈夫です。おかげで少し緊張が解けましたから」

「俺のＮＧで？」

苦笑いで問いかけると、南はにっこりと微笑むことで肯定した。

「ホント、ＮＧのおかげだな」

いつから聞いていたのか、近づいてきた大沢が話に割ってはいる。

「今のよかったよ。感情が入ってて、甘くていい雰囲気が出てた」

「ありがとうございます」

褒められたことで海知と南は二人して笑顔で応えた。もっとも、海知にしてみれば心苦しくもあった。だが、キスをしている最中に他の男の顔を思い浮かべていたなど、とてもじゃないが話せることではない。

「この調子で残りの二シーンも続けてやっていこう」

大沢から飛ばしていたシーンの段取りを説明され、教えられた立ち位置に顔を向けようとしたとき、スタジオの隅にいる蓮見が視界に映り込む。

いつのまに戻ってきたのか、蓮見は思わせぶりな笑みを浮かべ、海知を見つめている。明らかにキスシーンを見たとわかる笑顔だ。

蓮見とは実際にキスをしているだけに、現実とはどう違うのかを比べられている気がして、海知は急に恥ずかしくなってきた。これが同業者と付き合うということなのかと、海知は改めて知った。

だが、蓮見を気にするのもこれで終わりだった。岸井がスタジオに顔を出し、収録の邪魔をしないよう、すぐに蓮見を連れ出してくれたからだ。おかげその後は集中力を切れさせることもなく、撮影を進められた。

「よし、じゃ、ちょっと休憩してから、保坂《ほさか》家のシーンを始めよう」

海知と南だけのシーンが終わり、大沢からの提案を受けて、海知は一旦、楽屋に戻る。次に合わせた衣装に着替えるためだ。

楽屋には必要なだけの衣装が並べて置いてある。どれを着るかもわかっているのだが、ちゃんと衣装スタッフが楽屋まで付き従い、海知に手渡してから去っていく。

一人残された海知は、手早く衣装を着替えてから、鏡の前に置いていた鞄に手を伸ばす。

朝一番にスタジオ入りしてから、携帯電話の着信を一度も見ていなかった。まだ午前中だから、友人関係からのメールはないだろうが、事務所からの連絡事項はあるかもしれない。マ

メにチェックをするのは習慣になっていた。

一通り見てみたが、電話もメールもすぐに連絡を必要とするものはない。それで携帯電話に用はないはずが、海知は手の中のそれを見つめる。

人に知られてはいけない秘密の恋人同士なら、連絡を取り合うための携帯電話は必須アイテムだ。互いに忙しければ会うこともままならず、メールのやりとりが増えるに違いない。だから、海知もメールを打ち始めた。

最初はさっきの抗議をするだけのつもりだった。だが、普通にそんなことをしても蓮見には全く何の意味もなさそうな気がして、文面を変えた。

『恋人がキスシーンをするときには、席を外すくらいの思いやりは必要ですよ』

海知にしてはかなり思い切ったメールになった。人の見ていないところでも芝居を仕掛け、蓮見がどんな反応をするのかを窺う。蓮見とあんなことをする前の海知なら、きっとできなかったに違いない。

返事は期待していなかった。今頃、蓮見はゲームをしている最中だろうし、一緒にいるのは大先輩の岸井だ。仮にメールに気付いて確認したとしても、急ぎの用でもないから、返信しようとは思わないだろう。

海知が携帯電話を鞄に戻し、少し早いがスタジオに戻ろうとしたとき、メールの着信音が鞄の中で響き出す。

「まさかな」

そう呟きながらも、携帯電話を取り出す海知の動きは自然と速くなる。急いで画面を確認すると、そのまさかが画面に映し出されていた。『蓮見さん』という文字を見ただけで、言いようのない高揚感を覚える。

『恋人だからこそ、他の奴とのキスシーンはチェックしておかないとね』

やはり蓮見は言われっぱなしでいるような性格ではなかった。しかもこの短い時間に海知の意図を読み取り、それに沿った返信をしてきた。ノリがよくて、頭の回転も早い。海知が恋人に望む条件を蓮見が満たしていることに、今更ながら海知は気付かされた。


第八話の収録も終盤に差し掛かった。今はこのドラマにだけ集中していたいところだったが、なかなかそうもいかない。海知は朝から雑誌の取材を二つ受けて、その後はドラマのために情報番組に出演した。結局、ドラマの撮影に参加したのは夕方になってからだった。

「あれだけ人が集まってるとすぐにわかるね」

運転していた松本が前方を見つめたままで言うと、スピードを緩め始める。海知たちが乗る車の進行方向には、夜だというのに人工の灯《あか》りが照りつける人だかりができていた。

今日の撮影は外で行われる。父親と喧嘩をして家を飛び出した長男が、近所のスナックで酔い潰《つぶ》れていると連絡が入り、三男が迎えに行くシーンだ。台本では自力で歩けない長男を三男がおんぶをして連れて帰ることになっている。

蓮見と体の関係を持つ前なら、何とも思わなかっただろう。だが、蓮見の熱を知った今では、触れ合うことでまたミスをするのではないかという不安を覚えずにはいられなかった。

スタッフが誘導する場所で車を停め、海知と松本は車を降りる。

「お疲れさまです」

松本が先に立って挨拶しながら集団の中へと進んでいく。撮影開始時刻まではまだ少しあるのだが、スタッフたちは準備に慌ただしく動き回っている。ロケ現場は撮影用に借りた個人経営の小さなスナックと、その周辺の道路だ。撮影許可は午後十時までしか取っていないから、約三時間で全てを終えなければならない。そのためいつも以上に急いでいるのだろう。

「準備が整うまでロケバスで待っててください」

すっかり顔見知りになったＡＤが近くに停めてあるバスを指さす。外のロケだと待機場所がないから、その代わりにバスを使うことが多い。他の現場でもそうしていたから、海知は何も疑問を感じず、案内されたバスへと乗り込んだ。

「よっ、お疲れ」

「蓮見さん……」

先に来ていた蓮見から陽気に声をかけられ、海知は咄嗟《とっさ》に上手く対応できなかった。今日のロケに出演する役者は、エキストラを除けば海知と蓮見の二人だけになる。だから蓮見がいるのは当たり前なのに、予想できていなかった自分自身に腹が立つ。

「お疲れさまです。お早いですね」

海知の後ろから乗り込んできた松本が、如才なく蓮見に話しかける。

「他でロケしてて、そのままこっちに来たんだ」

「そうだったんですか。待ち時間が長くて大変でしょう？」

「まあね。でも俺にはコレがあるから」

蓮見は得意げに手元の携帯ゲーム機を持ち上げて見せた。音こそ聞こえてこないものの、手元をずっと動かしているから話をしながらでもゲームをし続けているようだ。

バスの前方の席に座る蓮見と、乗り込んですぐの運転席の辺りに立ったままで話す松本、海知はその間に挟まれ、どこに座ればいいのか迷っていた。蓮見は二人がけの席の通路側に座っているから、隣に座るという選択肢がないのはありがたいが、それでも通路を挟んだ隣だとか前後だとか、微妙な距離の席がいくつかある。ただの共演者なら迷わないことでも、恋人同士を演じている状況では、どこに座るのが正解なのか、判断ができなかった。

「まだ少し準備にかかるみたいだし、何か温かい飲み物でも用意しようか？　近くにコンビニがあったから買ってくるよ」

松本がまだ座らないでいる海知に尋ねてくる。

「あ、じゃあ、コーヒー」

「蓮見さんもどうですか？」

マネージャーを連れていない蓮見を気遣い、松本がついでだからと問いかける。

「俺はカフェオレ。甘いやつ」

驚くほど遠慮なく蓮見は即答した。

「悪いなぁ、人のマネージャーを使っちゃって」

「いえいえ、うちの海知がいつもお世話になってますから。すぐに買ってきます」

松本は腰を落ち着けることなく、バスを出て行った。これで車内は完全に海知と蓮見の二人きりになった。

「そうやって立ったままでいるのは、もしかして、緊張してるからとか？」

「緊張なんかしてませんよ」

海知はムッとして言い返し、そうでないことを証明するために蓮見とは通路を挟んだ隣に腰を下ろす。

「メールのほうが芝居が上手いっていうのはどうなんだろうね」

はっきり嫌みとわかる蓮見の口ぶりが、海知をますます苛立たせる。それが事実だとわかるからなおさら腹立たしい。

初めて蓮見にメールを送った日から一週間が過ぎた。その間、海知は日課のようにメールを送り続けていた。収録で毎日、顔を合わせていても、人目を気にした会話しかできない。だから、それを穴埋めするためにしていたのだが、内容だけ見ると恋人同士そのものだった。顔さえ見なければ何でも言えるし、メールの中では蓮見と対等の関係のように振る舞えるのが楽しかった。

「蓮見さんだってメールとは違うじゃないですか」

「俺のは公私の使い分け。お前はただ無駄に緊張してるだけ」

「だから、緊張はしてませんよ。けど、何も感じないわけにはいかないでしょう？」

「なんで？　キスシーンをしようってわけじゃないのにさ」

先日のNGを引き合いに出され、海知は気恥ずかしさに体が熱くなるのを感じる。

「同業者と関係を持つなんて、蓮見さんはよくあることかもしれませんけど、俺はそうじゃないんですよ」

恥ずかしさから逃れるため、つい口調がきつくなる。ひどいことを口走ってしまったとすぐに後悔した海知は、おそるおそる蓮見の反応を窺うが全く気にした様子は見られない。

「真面目《まじめ》すぎるっていうのは、役者としてどうなんだろうね」

「俺が役者に向いてないってことですか？」

海知の問いかけに蓮見は軽く肩を竦《すく》めることで肯定した。

「そのままじゃあね。よかったじゃん、俺が一皮剝くきっかけをくれてさ」

「そんな恩着せがましく言わないでください」

「いい思いをしたんじゃなかったっけ？」

横を向いた蓮見の表情には、艶《つや》めいた笑みが浮かんでいた。ほんの数秒前までゲームに興じていたとは思えないほど、淫靡《いんび》な空気を醸し出す。あの夜のことが鮮明に蘇《よみがえ》り、海知は言葉を失い、魅入《みい》られたように蓮見の顔を見つめるしかできなかった。

もし、松本の戻ってくるのが一分でも遅ければ、ロケバスの車内だということを忘れて何をしでかしていたかわからない。それくらい蓮見の表情には魔力があった。けれど、現実には飲み物を手にした松本の登場で、車内の雰囲気は一転する。やはり松本は遣《や》り手のマネージャーだ。

「蓮見さん、椋木さん、お待たせしました。リハーサルを始めますのでお願いします」

ちょうどコーヒーを飲み終えた頃になって、スタッフが海知たちを呼びに来る。そして、そのまま最初のシーンの舞台であるスナックに案内された。店内には店のママや他の客役のエキストラたちが既にスタンバイしていて、海知たちの到着を待っていた。

「おう、お疲れさん」

大沢は短い言葉で二人を出迎えた後、早速、段取りの説明に入った。カウンターで長男が酔い潰れて突っ伏しているところへ、店から呼び出された三男が迎えに来て、支払いを済ませた後、長男を背中に背負う。そこまでが一シーンだ。次は店を出るところから始まる。

「流れは理解できた？」

「大丈夫です」

「ホントに？　落とすなよ」

からかってきたのは蓮見だ。背負うだけとはいえ、抱き合った日以来、初めて蓮見の体に触れる。海知の顔が知らず知らず、緊張で強張《こわば》っていたことに気付かれていたようだ。

「落とされたくなかったらしっかり摑まっててください」

「へーい」

ふざけた口調で蓮見が答えると、周囲に笑いが広がる。現場に和やかな空気が流れ、不慣れなエキストラたちからも緊張が解けたような気配が伝わってきた。

いい雰囲気のまま始まったリハーサルは、スムーズに進んだ。緊張していた海知も芝居が始まると蓮見のペースに乗せられ、自然と役に入り込む。

「はい、ＯＫ。次のシーンに行こう」

本番も一発ＯＫとなり、引き続き外でのシーンの撮影となった。今度は最初から最後までずっと蓮見を負ぶったまま歩きながらの芝居になる。

「そっちサイドに問題がなければさ、リハーサルをなしにしない？」

これからリハーサルを始めようと言う矢先、突然、蓮見が思いきったことを大沢に提案した。驚いたのは大沢だけでなく、何の相談もされていない海知もだ。

「こっちは構わないけど、どうして急に？」

「エキストラもいないし、俺たち二人だけなら必要ないじゃん。な？」

蓮見は同意を求めているように見えて、実際は反論できないような言い方をしている。同じ役者として蓮見が必要ないと言っているのに、主役である海知がしたいとは言えない。

「俺も大丈夫です。台詞も段取りも全部頭に入ってますから」

「そりゃ、頼もしい。その分、早く終われるんだ。こっちとしても助かるよ」

大沢が嬉しそうに言って、本番の準備に入る。確かに言われてみれば、リハーサルがなくなれば、蓮見と肌を触れ合う機会が減る。海知にとっても喜ぶべきことだった。まさか蓮見はそこまで考えてこんな申し出をしたのだろうか。横目で様子を窺っても、相変わらずの飄飄とした態度で本音は読み取れない。

「それじゃ、ドアを開けて出てくるところから始めます」

ADが立ち位置を示し、海知と蓮見は店の中で本番の声がかかるのを待つ。店内の様子は映らないから、合図を出すためにそばにはADが待機している。

「三十秒後にカメラを回しますので、スタンバイお願いします」

その指示は今から蓮見を負ぶって、すぐにでも出て行けるように待っていろということだ。海知がドアの前に立ち、軽く膝《ひざ》を曲げて背を丸めると、蓮見がひょいと身軽に負ぶさってくる。背中で感じる蓮見の体温を噛《か》み締める間もなく、ADから合図を出され、海知は小さく息を吐いてからドアを開けた。

「悪いなぁ、いつもいつも迷惑かけちゃって」

店を出て歩き出した途端、背中にいた蓮見が話し始める。

「寝てたんじゃなかったの？」

「起きてたんだけど、なんか、感慨に耽《ふけ》ってたんだよ」

「感慨って？」

「ついにお前におんぶされる日が来たかってさ」

その言葉を聞いて海知はプッと吹き出す。背中にいるのは蓮見ではなく、自分の兄に変わっていて兄弟の会話は淀《よど》みなく続く。

「ついにってなんだよ。介護してるんじゃないんだから。だいたい兄さんは酒が強くないのに飲み過ぎなんだよ」

「大人には飲まなきゃやってられない日もあるんですぅ」

表情は見えないがおそらく唇を尖らせて言っているのだろう。その姿が目に浮かんで、海知は口元を綻《ほころ》ばせる。

「親父《おやじ》と喧嘩したから？」

「親子でもわかり合えないもんだね」

「親父に兄さんを理解しろっていうほうが無理だと思うよ。性格が真逆なんだから」

「真三《しんぞう》だって俺とは正反対だと思うけど？　でもわかってくれてる」

「俺は兄さんの自由なところに憧《あこが》れてるから」

言葉が自然と溢《あふ》れてきた。蓮見とは性格も仕事への取り組み方も正反対と言っていい。そこに憧れているわけではないが、羨《うらや》ましいと思うことはたびたびあった。まるでこの兄弟のようで、自分自身に重ね合わせるのは簡単だった。

「はい、カットーっ」

大沢の声が聞こえても、それが自分にかけられたものとは思えない。海知はそれくらい芝居にのめり込んでいた。

カメラで撮られていることも頭から抜け落ちていた。

「お疲れさん。もう降ろしていいよ」

耳元で聞こえた蓮見の声に、海知はようやく我に返る。ほんの数秒前まで兄の真だった声が、完全に蓮見のものになっていた。

「あ、すみません」

海知が慌てて腰を屈めると、蓮見はまた身軽にすっと背中から降りた。重みと温《ぬく》もりがなくなった背中が急に寂しく感じられる。

「お疲れさまです。足とか腰とか大丈夫ですか？」

駆け寄ってきたスタッフが、ずっと蓮見を負ぶっていた海知を気遣って尋ねてくる。

「大丈夫大丈夫」

スナック 紺
スナック
紺

何故かスタッフの問いかけに海知ではなく蓮見が答える。

「やっぱり若さだね。ちっともふらつかないし、今だって足も震えてないんだから。俺だったら初《しょ》っぱなで落としてたよ」

「……自慢げに言わないでください」

一瞬、遅れたものの、海知が口を開けたのは、まだ芝居が終わっていないことを思い出したからだ。監督のカットの声がかかろうとも、蓮見がいる場所では恋人同士を演じると決めたのは海知自身だ。

「自慢じゃなくて事実。それに俺が軽くて助かっただろ？」

「軽すぎです。ちゃんと食べてるんですか？」

スタッフを近くに置いての会話は歩きながらも続いていた。黙ったままでいるのも仲が悪いように思われかねないし、親しくしすぎるのも今回が初共演の二人では不自然だ。その中間、微妙な距離感を醸し出すのは、演技力以上に頭を使う。

だが、ここまで気を張っているおかげで、心配していた今日のシーンは無事に乗り切れた。こんな緊張感を味わえる現場には、きっとこの先も出会うことはないだろう。そう思えば、かなり貴重な経験をさせてもらえていることになる。ものは考えようだ。この数カ月で海知も少しは柔軟な考え方ができるようになった。

5

メールでのやりとりがただ便利なだけでなく、こんなに楽しいものだと海知は最近になってようやく気付いた。

『好きなタイプは頭のいい人だって？　俺のことだろ？』

蓮見のニヤリと笑った顔が思い浮かぶようなメールが届く。おそらくドラマのPRで海知が出演したバラエティ番組を見たのだろう。いろんなインタビューを受けてきたが、毎回と言っていいほど聞かれるこの質問に、最近はこう答えるようにしていた。

『ばれないように蓮見さんとは真逆のタイプを言ったんですけど』

ちょうど休憩時間だった海知がすぐさまそう返信すると、蓮見からまた即座にメールが送られた。怒った顔を表す顔文字のみの内容に、海知はプッと吹き出した。周囲に誰もいなくてよかった。秘密のやりとりだから何があったのかと聞かれても答えられない。

恋人の芝居を始めてからわかったのは、蓮見がメールに関してはマメだったということだ。おまけにかなり携帯電話の操作が早く、顔文字だけでなく、文章になっていてもあっという間に返ってくる。その早さに驚き理由をメールで尋ねたことがあったのだが、日頃、ゲームのコントローラーを連打している賜《たまもの》だと答えられた。

毎日、何かしら話題を探し、メールをする。それが面倒ではなく楽しかった。もっとも、実際に会うのは撮影で一緒になったときだけだ。つまりほとんどないことになる。会えないのが寂しいと思うのは芝居にのめり込んだからなのだろう。つい飲みに行こうと誘ってしまったのも、芝居の延長に違いない。けれど、蓮見は素っ気《そけ》なかった。

『やっと最上階まで来たのに、飲みになんて行ってられるか』

きっとゲームの話なのだろう。詳しくないし、聞いてもいないから蓮見が今どんなゲームをプレイしているのか、海知は知らない。ただゲームに負けたのはショックだった。

蓮見は本当の恋人にでも、こんな態度を取るのだろうか。蓮見の過去の相手にまで嫉妬する自分に気付き、海知は自嘲気味に笑う。現実の映画やドラマの撮影でも、ここまで役にのめり込んだことはなかった。

役柄の上だけでももっと蓮見の気を引きたくて、蓮見が好きそうなことには自然と興味を持つ。だから、新作ゲームソフトのCMに決まったときには嬉しかった。

『サムライ3のCMに出ることになりました。これもプレイしてるんですか?』

『CMタレントの特権で発売前にソフトをゲットしてこい』

蓮見はこれで海知の送った質問に答えているつもりなのだろうか。しかも命令形だ。CMの商品をもらうのはよくあることだが、素直に従うのもしゃくに障る。

『可愛くお願いするなら考えてもいいですよ』

先輩相手では失礼な物言いも、恋人になら許される特権だ。こんなメールを送られて、蓮見はどんな反応をするのか。想像するだけでも楽しくなってくる。

『じゃあ、とっておきのサービスをしてあげる』

やはり蓮見は一枚も二枚も上手だった。文章の最後にはピンクのハートマークまで入れる芸の細かさを見せ、海知を完全にノックアウトした。

そんなやりとりをしたのは三日前だ。車に乗り込むときに渡されたCMの企画書を見て、海知は鮮明にそのときのことを思い出し、知らず知らず表情を緩めていた。

「最近、いいことあった？」

運転席の松本がバックミラー越しに探るように質問を投げかけて来る。これからドラマの収録のため、スタジオに向かう途中だった。

「そりゃ、ドラマの評判もいいし、撮影も順調だし、上機嫌にもなるよ」

「それだけ？」

「充分だと思うけど」

「そうだね。充分か」

海知の答えに松本は一応は納得したような態度を見せて引き下がった。他に理由があることには気付いているようだが、その原因まで探ろうとはしてこない。タレントが上機嫌で仕事に取り組み、結果を残しているのなら何も不満はない。無理に聞き出そうとして機嫌を損ねるよりは、そのままにしておいたほうがいいというマネージャーとしての判断だろう。

「ここんとこ、芝居もよくなってきてるしね」

「そう？」

褒められるのは嬉しくても、自覚がないから首を傾げるしかない。海知はいつもどおり芝居に打ち込んでいるだけのつもりだった。

「今のドラマ、後半に入ってうんとよくなったよ。良くも悪くも残ってた海知っぽさが抜けてきた」

「ホントに？」

思わず弾んだ声で問い返してしまうくらい、海知にとって嬉しい褒め言葉だ。海知がこれまで演じてきた役は、どこか海知に似たキャラクターが多かった。海知なりに演じ分けたつもりでも、どの役も似たような印象だという感想を持たれているのは知っていた。

「本当だよ。事務所でも評判になってる。蓮見さんの影響なのかな？」

「かもしれない」

急に蓮見の名前が出てきて動揺はしたものの、海知は松本の質問を肯定した。蓮見がいなければ今の評価が得られなかったに違いない。

「ずっと楽しみにしてた蓮見さんと共演できてるんだ。機嫌が悪くなるわけないいか」

松本はついでとばかりに海知の機嫌の良さも蓮見に結びつける。それが間違っていないだけに、海知は内心、ドキリとさせられた。

この一カ月近くの海知の機嫌のよさは、仕事が順調なことも原因しているが、それ以上に充実した私生活によるところが大きい。もっとも忙しくて遊びに出た回数は片手で足りるくらいで、ほぼ休みはなかった。それでも充実していたと言えるのは、携帯電話のおかげだ。

これまで同じ業界の人間と付き合ったことがなかったせいか、いわば職場恋愛をしているかのような秘密の関係が、慣れてくると同時にだんだんと楽しくなってきていたのだ。

周りに知られないよう視線だけでやりとりしたり、メールでばれなかったことを得意げにやりとりする。いつの間にか、蓮見と共犯者のような関係を築き、現場で顔を合わせても、全く緊張しなくなっていた。

これからスタジオで一緒になる予定だが、緊張どころか、久しぶりに会えるのを楽しみにするくらいだ。

車がスタジオに到着し、松本と駐車場で別れた後、楽屋に向けて歩く海知の足取りは軽かった。今日は最終話になる第十話、自宅セットでの撮影だ。すっかり通い慣れた建物内を海知は楽屋を目指して一人で歩いていく。

「よお、海知」

「おはようございます」

後ろから声をかけてきた国木田に立ち止まり挨拶してから、二人は並んで歩き出す。

「来週にはもう撮影も終わってんだな」

「そうなんですよね。この三カ月、毎日のように通ってきてたんで、終わってからも間違えて来ちゃいそうですよ」

「ありがち」

国木田が声を上げて笑う。撮影を最後まで無事に終えられるのは嬉しいが、そうするとこんなふうに国木田とも頻繁に会えなくなる。他にも親しくなったスタッフたちとも次にいつ一緒に仕事ができるかわからないから、やはり寂しく感じる。

「コレが終わったら、次は何やんの？」

「連ドラです。またこの局の。国木田さんは？」

「俺は久々に映画が入ってる。っていうか、並行してもう撮り始めてるんだけどね」

海知たちの世界ではこれが当たり前だ。むしろこうでなくては役者として軌道に乗っているとは言えない。だから、いつまでも終わった作品のことを考えてはいられないのだ。

「それじゃ、ま、とっとと着替えて撮影を始めますか」

「そうですね」

ちょうど楽屋の前に来たところだったから、海知も同意して自分に用意された部屋のドアに手をかけた。

「この現場、蓮見さんのおかげか、やたらと進行が早いんだよな。予定よりかなり早くクランクアップしそうだってよ」

「そういういい影響もあるんですね。最初はむかつきましたけど」

急に蓮見の名前が出ても、海知はもう動揺しなくなった。冗談っぽく言った海知の言葉に、国木田がプッと吹き出す。

「今日、本人、来てんだぞ」

「内緒にしといてくださいよ」

「わかったわかった」

笑いながら国木田が楽屋に消えていく。海知もすぐに楽屋に入ると、手早く着替えを済ませてヘアメイクのスタッフが来るのを待った。

そうして海知が全ての準備を終えてスタジオに向かうと、既に保坂家の兄二人が待っていた。海知が一番、時間がかかったのは、これから使う何パターンもの衣装を合わせたからだ。

「海知、聞いたか？　蓮見さんが今日でクランクアップだってよ」

予期しない国木田の言葉で出迎えられ、海知は芝居を忘れるほど衝撃を受け、言葉も出ない。いつかは終わるとわかっていたし、さっきもその話をしたばかりだ。それなのに蓮見がこの現場からいなくなることが全く頭になかった。

「最終回まで出番がワンシーンって、レギュラーとしてどうなんですか？」

「いいんだよ。これくらいの出番のほうが美味《おい》しいだろ？」

国木田の冷やかしに蓮見は澄ました顔で応じている。長期間、拘束されていた仕事が終わるからか、かなり機嫌がいいように見える。

それに蓮見が言うように美味しい役柄というのは間違っていない。今回のドラマはストーリーよりもそれぞれのキャラクターへの評価が高く、送られてくる感想メールでもそう言った意見が多いと聞いている。たとえ出番が少なくとも、蓮見演じる長男の印象は強くて、充分な存在感を放っていた。

「そんな顔して、俺の役が人気のあるのが悔しい？」

海知の顔を覗き込み、蓮見がからかう口調で問いかけてくる。だが、見つめる瞳は笑っていない。芝居を忘れている海知を責めている色があった。

「何言ってるんですか。一番人気は国木田さんの次男だって聞いてますよ」

「お前だって一番じゃないじゃん」

海知が我に返ったのを確認して、蓮見は楽しそうに笑う。

「お三人さん、盛り上がってるとこ悪いけど、そろそろカメリハ始めるぞ」

大沢に呼ばれ、海知たちは揃ってセットの中へと移動した。岸井も遅れてやってきて、これで保坂家が全員揃った。

蓮見最後のシーンは、家族全員が揃って食事をした後、また旅に出るためにこっそりと家を抜け出した長男に気付いた三男が追いかけ、別れの言葉を交わすというものだ。物語のラストは結婚式なのだが、長男はそれに出席しない設定になっている。だから蓮見だけが先に撮影を終了してしまうのだ。

初めて蓮見と共演したドラマがもうすぐ終わる。現実の気持ちとストーリーがリンクして、何とも言えない寂しさが込み上げる。別れの台詞にこれほど自然と寂しさを込められたのは、海知の役者人生の中で初めてだった。


「蓮見さん、これでクランクアップです。お疲れ様でした」

ＡＤの言葉の後、スタジオ内に拍手が沸き起こり、唯一の女性レギュラーである南から蓮見に花束が手渡される。

「俺がこれをもらっちゃうのは申し訳ない気がするよね」

「言えてます」

蓮見にすかさず茶々を入れた国木田を誰も咎めず、皆が笑って受け入れている。蓮見の出番は他のレギュラー陣に比べると格段に少なかったのは、誰もが認める事実だ。

「そうだ。この後、蓮見さんの打ち上げしましょうよ」

「打ち上げ？　もうちょっと先にちゃんとしたのが予定されてんじゃないの？」

国木田の提案に蓮見が不思議そうに首を傾げる。収録が全て終わった後には、制作サイドが打ち上げと称した宴会の場を設けてくれるのが慣習になっている。

「だから、蓮見さんだけの打ち上げです。楽しいことは何回あってもいいじゃないですか」

「いいですね。やりましょうよ」

近くにいた若いスタッフが話を聞きつけ乗ってくる。他にも何人か、名乗りを上げてきた。

「蓮見さんもいいですよね？　飲み会は好きでしょ？」

「とことん俺を仕事嫌いにしたいみたいだな」

「間違ってないでしょうが」

軽口を叩き合いながらも、国木田と蓮見の間ではプチ打ち上げは決定になったらしい。もっとも最初から蓮見は反対している様子はなかった。

「この後、海知は予定あり？」

国木田がようやく海知にも話を振ってきた。自分から言い出すタイミングを逃したから、二人のそばから離れずずっと誘われるのを待っていたのだ。

「今日はもう終わりです」

「なら、お前も参加な。後はっと……」

国木田はスタジオ内に視線を巡らせ、話に乗ってくれそうな人間を探している。そして、大沢と話す岸井に気付き、声をかけながら近づいていった。さっきまで周りにいたスタッフたちも早く片づけをしてしまいたいからか、いつの間にかいなくなっていて、海知と蓮見の二人だけがその場に残される。

「飲み会が好きだとは知りませんでした」

海知は国木田を視線で追いながら、隣にいる蓮見に話しかける。

「酒の席にはしょっちゅう顔を出してるじゃん。気付いてなかった？」

蓮見も同じように視線を国木田に向け、海知のほうを見ずに答える。

確かに、こんな関係になるきっかけになったあの夜も、蓮見は飲みに出ていたし、国木田に呼び出されたときにもダーツバーまで足を運んでいた。つまり、完全な出不精なのではなく、仕事で出かけるのが億劫なだけのようだ。

「でも、俺が誘っても出てきませんでしたよね」

つい拗《す》ねたような口調で海知は誘いを断られたときのことを愚痴った。結果としてそれでよかったのだと思いながらも、蒸し返すくらいには根に持っていた。

「あのときはお前のタイミングが悪かったの」

「タイミングって、ゲームでしょう？」

「馬鹿だねぇ、ゲームにこそタイミングが大事なんじゃん」

海知も蓮見も前を向いたまま、周囲には聞こえないよう小声で話しているから、まさか二人がこんな会話を交わしているとは誰も想像しないだろう。この一カ月で何度かこんなやりとりを交わしたから、海知もすっかり慣れたものだ。

「それに今日は飲みに行けるだろ？」

「二人きりじゃないですけどね」

「ガキみたいに拗ねるなっての」

蓮見は海知の腕をバンと叩き、どっちが子供なのかという表情で笑う。元々、実年齢よりも若く見える風貌だが、笑顔はもっと幼さを醸しだし、海知とそう変わらないように見えた。

「あ、もう盛り上がってる？」

打ち上げのメンバーを集めて回っていた国木田が、海知たちのところに戻ってきて、勘違いした疑問を投げかけてくる。

「さっきから見てたら、随分と声をかけてなかった？　そんな人数が入れる店あんの？」

蓮見の疑問はもっともだ。大人数になればそれなりの広さが必要になるし、芸能人が揃っているから、そこらの居酒屋でというわけにもいかない。

「大丈夫。それは俺の人脈に任せてくださいよ。もう店は押さえました」

国木田は抜かりはないと胸を張って答える。こういうときにはやはり率先して盛り上げ、仕切ってくれる国木田のような人がいてくれるとありがたい。

「現地集合だから、手の空《あ》いた人から順に来てくださいよ」

スタジオ中に響き渡る声で国木田が言うと、あちこちから元気のいい返事が聞こえてきた。

「お前ら、その前にやることはちゃんとやっとけよ」

大沢は釘を刺した後、海知に手招きした。

「呼ばれちゃったな。椋木も後からちゃんと合流しろよ？」

「はい、必ず」

そう答え、大沢に向けて歩き出した海知の後ろでは、蓮見と国木田が会話を続けている。

「蓮見さんはもう上がりでしょ？　俺と一緒に行きます？」

「そうしよ。タクシー代が浮くし」

「先輩がそういう情けないこと言わない」

楽しげな二人の様子に後ろ髪を引かれつつも、ここで余計なことを言わないのが秘密の恋人同士の取る態度だと海知は芝居を続けた。


国木田が選んだ打ち上げ会場は、急に決めたにしては雰囲気のいい店だった。数ある行きつけの中から適度な大きさのパーティルームがあるところに、ほとんど酒を飲むだけで料理には拘《こだわ》らないからと頼んだらしい。

参加者は総勢二十名を越えた。収録があって打ち上げに来ていない役者は、別の仕事があった南だけで、他は若いスタッフが多かった。

誰かが音頭を取ったり仕切ったりすることもなく、ただの飲み会となってしまったが、三カ月も付き合ってきた仲間同士、それでも充分に楽しんでいた。

「椋木さん、飲んでます？」

ＡＤの田沢《たざわ》が近づいてきて、海知のグラスを見ながら尋ねる。最初の一杯が半分ほど減っただけだ。

「飲んでるよ」

「飲み過ぎないでくださいね。明日も撮影があるから、椋木さんを見張ってろって監督から言われてるんで」

正直に告白されては海知も苦笑するしかない。もっとも、言われるまでもなく、海知も明日のことを考えて酒は控えるつもりでいた。

「でも、俺だけ？」

海知は店内を見回し、楽しげに酒を飲んでいる同業者を目で追う。

「明日も収録予定なのは椋木さんと岸井さんだけですから。岸井さんは下戸《げこ》だそうなので、見張る必要はなしです」

言われてみれば蓮見は今日でクランクアップしたし、国木田も明日の香盤表《こうばん》に名前はなかった。それもあって国木田は率先して飲み会を計画したようだ。

「スタッフは全員、明日も一緒のはずだけどな」

「それは言いっこなしですよ」

田沢は痛いところを突かれたと苦い顔をしてみせる。

「でも、俺たちは酒で顔がむくんだところで、カメラの前に立つわけじゃありませんから」

だから飲んでもいいのだと自分たちを正当化して、田沢は空になった自分のグラスに手酌でビールを注ぐ。

「見せびらかすように飲んでくれるよ、全く」

「すみませんね。仕事の後のビールは美味しくて」

田沢は冗談を言いながらもまたグラスを傾ける。

撮影期間中、一番、海知の世話をしてくれていたのが、この田沢だ。年が近いのもあって、話し方こそ敬語だが、かなりフランクに話せる関係になっていた。

「あっち、行かなくていいんですか？」

隣に座っておきながら、田沢は別のテーブルにいる蓮見と岸井を視線で示して問いかけてくる。

海知が遅れてこの店に到着したときには、既に蓮見と岸井は同じテーブルにいた。最初はそこに混じろうとしたのだが、二人の会話がゲームに関することばかりだったため、場をしらけさせそうな気がして、そこには座れなかった。

「俺、ゲームは全くなんだよ。二人が喋ってること、ほとんど理解できない」

「好きだもんなあ、あの二人。岸井さんも若いですよね」

「あんなに気さくな人だと思わなかったな」

現実に知り合いでなければ、同じ役者でも一般人と同じで、画面から受ける印象でしか判断できない。岸井は重厚な演技が必要とされる役柄が多かったから、つい本人もそうだと思いこんでいた。

「俺もです。でも、もっと驚いたのは蓮見さんですよ。あそこまでマイペースでいられるって凄《すご》いと思いませんか？」

「立場的に俺は答えづらい」

海知が言葉を濁すと、田沢は慌ててオフレコでと頭を下げて頼んできた。

「何を言われても気にする人じゃないと思うけどね」

「そうだろうなぁ。ロケに行ったときのことなんて……」

田沢はそう言って長男の放浪シーンのロケをしたときのことを話し始めた。ロケは数回あったのだが、そのどれもが蓮見の希望で近場で撮影することになり、全て日帰りになった。蓮見は毎回、一人でやってきて、移動の電車やバスの中では、ずっとゲームをしていたらしい。かといってやる気がないというわけではなく、撮影は常にこの間の海知と撮ったシーンのようにリハーサルなしの一発ＯＫだったと言う。

やはり蓮見はどこにいても誰の前でも態度を変えない。そんな蓮見を羨ましく思う気持ちはあるが、海知には到底、真似《まね》できない。

海知は無意識で蓮見の姿を目で追っていた。屈託のない子供みたいな笑顔で、岸井と談笑する蓮見に、あの夜の淫靡さは欠片も見つけられない。この場にいる誰もが知らない蓮見の顔を海知だけが知っている。そのことが海知に優越感を抱《いだ》かせた。

ただの共演者には絶対に抱かない感情……。それに蓮見との共演が終わることで感じた喪失感。それらが重なれば嫌でも蓮見へ気持ちが傾いていることに気付かざるを得ない。だが、気付いたところでどうすればいいのか。

「そろそろお開きみたいですね」

国木田が周りに何か言って回っているのを見た田沢がそう判断する。時計を見ると、この店に入ってから、いつの間にか二時間近くが過ぎていた。

「それじゃ、みなさん、あ、蓮見さん以外は残りの撮影も頑張っていきましょう」

形だけでもと締めの言葉を求められた国木田が、フロアの中央で挨拶するとそこら中で笑いが広がる。

「明日も収録があるみんなは遅刻しないように。俺が大沢さんに怒られるからさ」

はーいと調子のいい返事が方々から上がり、打ち上げは楽しい雰囲気のままで終わった。

「海知はまっすぐ帰んのか？」

早々に帰り支度をする海知に気付き、国木田が近づいてきて問いかける。

「帰りますよ。明日、八時入りなんですから」

「そうだった。悪いな、俺だけガッツリ飲んじゃって」

「気にしてる飲み方には見えませんでしたけど？」

海知の皮肉を国木田は酔いもあってか、豪快に笑い飛ばす。

店の支払いはとりあえず国木田が立て替え、後で蓮見を除く出演者で頭割りということに事前に決めていた。だからといって何もかも任せたままにするのは申し訳なくて、国木田が支払いを済ませるのを海知はそばで待った。

その間に他の人たちは海知たちに礼を言いながら次々と帰って行く。その中には蓮見もいた。これからまだ岸井と二次会にでも行くのか、最後まで蓮見は岸井と一緒にいたから、挨拶以外の言葉は何も交わせないままだった。

「それじゃ、お疲れ。気をつけて帰れよ」

「お疲れさまでした」

店の外で国木田と別れ、海知はすぐにタクシーを拾った。後部座席に乗り込み、自宅の場所を告げてから、シートの背もたれに深く背中を預ける。

つい最近も一人だけ二次会に行けなかったことがあった。海知が記憶を辿っていると、不意にポケットの中で携帯電話が着信音を響かせる。電話ではなくメールの着信メロディだ。

携帯電話を取りだした海知は、送信相手が『蓮見さん』と表示されているのを見て、一瞬、息を呑み、それから急いで中を確認した。

『今日で恋人の芝居は終了です。お疲れさま』

メールタイトルもなく本文のみで前置きもない、素っ気ない蓮見らしい文章だった。

確かに今日でもう蓮見とは撮影現場で顔を合わせることはなくなったから、芝居をする必要はない。けれど、こんな一方的なメールでは受け入れたくなかった。ほんの十五分前まで、海知はまだ芝居を続けていたのだ。

「すみません。行き先を変更してください」

海知の口は無意識に動いていた。理性よりも感情が先走り、運転手に蓮見のマンションのある場所を告げる。二回しか訪ねたことはなくても、一度目の帰りは周辺をさ迷ったからよく覚えている。

急な行き先変更でも、そのほうが距離が遠くなりメーターが回るため、運転手は愛想のいい返事をして、進路を変えた。

そこからさらに三十分近くタクシーは走り、ようやく蓮見のマンションに到着する。料金を支払う間ももどかしく、釣りを受け取らずに車を飛び出し、蓮見の部屋のある三階まで一気に階段を駆け上がった。芸能人だという自覚がないのか、今どきオートロックもないマンションに住んでくれていたおかげで、こうして直接部屋の前までくることができた。

息も整わないまま、海知はインターホンを押す。午後十一時過ぎという、人を訪問するにはかなり遅い時刻だ。相手を確認せずに居留守を使われる恐れもあるし、何より、蓮見がまだ帰っていないかもしれないという可能性をこのときまで、海知は全く考えていなかった。

ドアの前で海知はただ蓮見が出てくるのを待った。出かけているなら帰ってくるまで待つ覚悟もしていた。だがその必要はなかった。やがてガチャリと鍵を外す音が聞こえてきて、ゆっくりとドアが内側から開く。

「何で来るかな」

顔を見せた蓮見は決して友好的とは言えない仏頂面で海知に対応する。しかも、中に招き入れる素振りは見せず、玄関に立ち塞《ふさ》がっていた。

「あんなメールをもらって黙っていられませんよ」

「ならメールで返せばいいじゃん」

「メールで済む話じゃないでしょう」

素っ気ない蓮見の態度が海知を苛立たせる。さっきは岸井とあんなに楽しそうにしていたのに、どうして海知相手にはこうなるのか。

「中に入れてもらえませんか？」

「その剣幕だと入れないと暴れ出しそうだよね。しょうがない、入れば？」

明らかに仕方ないといった風情で、蓮見が脇に退《ど》けて、海知を室内に招き入れる。

海知はすぐには帰らないぞと言う意思を込めて、部屋の奥へと勝手に進む。蓮見と抱き合ったあの場所に立っても、腹立ちのほうが大きくて動揺することはなかった。

「で、何を話すの？」

追いついてきた蓮見が、海知のそばで床に腰を下ろし、溜息を一つ吐《つ》いてから尋ねる。

「さっきのメールに決まってるじゃないですか」

「話すこと何かあったっけな。書いたとおり、これで終わり。問題ないと思うけど？」

蓮見の態度はメールと同じで素っ気ない。海知だけが一人で興奮している。いつもこうだ。

蓮見には格好悪いところばかり見せている。けれど、今はそんなことを気にしていられなかった。

「俺の意見は聞いてくれないんですね」

「だって、聞くまでもないじゃん。する意味がなくなったんだし」

蓮見にしてはしごくまともな意見だ。そもそも恋人同士の芝居を始めたのは、現場で蓮見を意識しすぎる海知のためだった。だが、今日で蓮見の出番は終わった。次に会う打ち上げの席では無理に話をしなくてもいいから、芝居の必要はない。

「俺はまだ終わりにしたくないんです」

頭では理解できていても、受け入れたくない気持ちが海知の往生際を悪くさせる。そんな海知を見て、蓮見は呆れたように頭を掻いた。

「今回のことはさ、最初に余計なちょっかいをかけたのは俺だから、まあ、これでも責任を感じたって言うか、NGだらけで撮影が長引くのも嫌だったから、芝居の話を持ちかけたんだよ」

海知を納得させるためにか、蓮見はゆっくりと噛んで含めるように話す。

「おかげで撮影は順調に進んだだろ？」

「それは……、はい、ありがとうございました」

認めざるを得ない事実に、海知は素直に頭を下げる。

「だから、その感謝の気持ちを俺に持ったまま、もう一つの芝居も終わりにするのがベストだって考え方、間違ってる？」

「多分、合ってるんだと思います」

「じゃあ、何が引っかかってんの？」

蓮見が海知を見上げてさらに質問をぶつけてくる。

こんなに近くにいるのに蓮見が遠く感じられる。その理由は立ったままの海知と座っている蓮見との顔の距離の差だけではないはずだが、せめてそれくらい縮めたくて海知は蓮見の正面に腰を下ろした。

「自分でもよくわかりません。でも、このまま蓮見さんとの繋《つな》がりをなくしたくないんです」

「芝居でその気になっててんじゃないっての」

子供を優しく叱る先生のように、蓮見が珍しく優しい笑みを浮かべている。

「設定をいくら恋人同士にしたからって、お前はゲイじゃないんだからさ、離れてたらすぐに俺のことなんて忘れるよ」

「そんなことしたって無駄ですよ。この先、いつかどこかできっとまた共演するでしょう。そうしたら、俺は一瞬で蓮見さんとのことを思い出します」

可能性ではなく、それは決定事項なのだと海知は自嘲めいた笑みを浮かべて断言する。

「俺の中にいる蓮見さんはもう消えないんですよ。芝居では済まなくなった俺の気持ちはどこに持っていけばいいんですか？」

「何、もしかして、マジで俺に惚《ほ》れたとか言う？」

「他にどう聞こえました？」

海知はやけくそになって問い返す。さっきの台詞は誰がどう聞いても愛の告白だ。男相手に抱くはずなどないと信じていた感情でも、口にしたことで妙にすっきりとした気持ちで受け入れられた。

「馬鹿だねえ」

そう呟く蓮見の声には、どこか笑いが含まれていて、決して言葉どおりに海知を馬鹿にしているわけではない気がする。海知は黙ったままで蓮見を見つめ、続く言葉を待った。

「俺は逃げるチャンスをあげたつもりなんだけどな」

「逃げるチャンス……？」

「俺ってそんなに節操なしに見える？」

蓮見に怒っているような様子はなく、今度ははっきりと笑顔を見せて問いかけてくる。海知はどう答えていいかわからない。初めてこの部屋を訪れたとき、蓮見は海知のものを口で愛撫してきた。節操なしとまでは言わないが、そういったことに慣れているのだと思っていたから、何も言えなかった。

「いくらゲイでもさ、誰彼構わずフェラしたりしないって」

自分を見つめ返す蓮見の瞳とこの台詞に、否が応でも期待が高まる。海知はゴクリと唾《つば》を飲み込み、それから期待を現実に変えるための質問を口にした。

「じゃ、俺のときは？」

蓮見はまっすぐに海知を見つめたまま、にっこりと表情を緩めた。

「好みだったからに決まってんじゃん。それに俺は誰かと違って勢いだけでセックスまでできないよ」

軽く嫌みを含まされても、今の海知には通じない。必要な言葉はちゃんと海知の耳に届いている。

「だったら、どうして、あのときそう言ってくれなかったんですか？」

「あのね、冷静に考えなさいよ」

蓮見は茶化すように言ってから、

「好みってだけでノンケに迫ったりはしないっての。上手くいくことなんてほとんどないんだからさ。それに同じ業界にいる奴だと、後で変な噂《うわさ》を立てられても困るしね」

「そういうことが過去にあったんですか？」

「俺はないよ。その辺は要領よくやってるから」

得意げに答えていながら、蓮見の顔にはどこか寂しげな陰が見える。ゲイの世界には海知にわからない苦労がたくさんあるのだろう。偏見を持つ人間も少なくない。ゲイであることが周りに知られれば、仕事がやりづらくなることも大いにありそうだ。

「面倒な奴には手を出さないってのが俺のポリシーだったんだけどなぁ」

「もう手を出されてますけど」

「そうだった」

蓮見が子供みたいな顔でにひゃっと笑う。芝居ではない自然な表情の変化を見せてくれるのが素直に嬉しいと感じる。

「なら、もういっか」

そう言って蓮見が両手を海知の首の後ろに回す。

蓮見が何をしようとしているのか。考える前に体が動いた。海知は顔を近づけ、蓮見の唇に自らのそれを重ねた。

かつて気持ちがないまま蓮見にキスをしたことはあったが、今とは大きく違う。心が通じ合った上での口づけは、震えるほどの快感を海知に与えた。

キスから先の手順は既に経験しているし、前回のように勢いだけでもない。それなのに今度もまた余裕がなくて、蓮見を床に押し倒す。

「落ち着きがないのは若いから？」

あやうく床に頭をぶつけそうになった蓮見が、抗議の意味を込めて揶揄《やゆ》するように問いかけてくる。

「早く蓮見さんが欲しいからに決まってるでしょう」

「その台詞、気に入った」

蓮見は満足げな笑みを浮かべ、顔を持ち上げて海知の唇を奪う。一瞬で離れる軽いキスでも、海知を煽《あお》るには充分だった。

性急に蓮見のシャツをはだけ、現れた小さな胸の尖りめがけて顔を埋《うず》める。

男の抱き方を知らなかった初めてのときとは違い、今はどうすれば繋がることができるのか知っている。それなのに肝心の場所に触れないのは、蓮見の全身を深く味わいたかったからだ。

真っ平らな胸にポツンとある突起に舌を這《は》わせてみる。

「んっ……」

蓮見が体を震わせ、甘い息を吐き出す。海知自身、胸を愛撫されたことがないから、男でも感じるのが不思議だった。けれど、海知が右の突起を指先で、左を舌で弄《いじ》くると、蓮見は明らかに感じているのだと訴えるように腰を揺らめかせる。

その様はまるでもっととせがんでいるようだ。海知は誘われるまま、執拗にそこを指と舌で弄《もてあそ》んだ。次第に固く尖り始め、ツンと突きだし、海知をさらに誘う。

ずっと胸だけしか愛撫していないのに、蓮見はもう我慢できないとばかりに、自ら中心に手を伸ばそうとした。だが、海知はそれを許さず、触れる直前に手首を掴んで引き留める。そして、そのまま蓮見の両手首を片手で一つに纏め、床に縫いつけた。蓮見の手首は同じ男と思えないほど細くて、なんなく手の中に収めることができた。

「手を使うのは禁止です」

「なんで？」

蓮見が潤んだ瞳で責めるように睨んでくる。けれど、感じすぎていつもの余裕はどこにもない。それが海知をほんの少し冷静にさせた。

「手が自由だとリードしようとするでしょう？　俺も蓮見さんを感じさせたいんですよ」

本心からの言葉を実現させるため、海知は片手でなんとか重ね着していた上のシャツを脱ぎ、それを使って拘束していた蓮見の両手を縛った。もっと蓮見を感じさせるためには、両手を自由にする必要があった。

「急に生意気になっちゃって。好き勝手しすぎ」

「ずっと好き勝手されてましたからね」

「仕返しのつもり？」

拗ねたような口調で尋ねてくる蓮見に、海知は初めて優位に立てた気がする。

「さあ、どうでしょう？」

「別にいいけどさ。目一杯、頑張ってくれるんならね」

蓮見はこんな状況でも蓮見らしさを失わない。それが余計に海知を奮い立たせた。何が何でも蓮見から余裕を全て奪い取り、よがり狂わせてみたくなる。

海知は自由になった両手で蓮見の下肢から全ての衣類を取り去った。既に中心は熱く猛っていて、不慣れな海知の愛撫にでも充分に感じていると伝えていた。

その昂《たかぶ》りに海知は初めて手を伸ばした。男のものに触れる嫌悪感はまるでなかった。むしろ手の動きに合わせて反応を見せるたびに愛《いと》おしさが募る。

「は……あぁ……っ……」

一方的な愛撫を受け、蓮見の息が上がり、肌が朱に染まっていく。

形に沿って上下に扱《しご》いていると、やがて海知の手の平に濡れた感触を与えられる。それが蓮見の先走りであることは見なくてもわかった。けれど、海知はこのまま蓮見だけをイカせるつもりはない。一緒に達する快感を得たかった。

指が濡れているのはちょうどいい。海知はそのまま後ろに指を差し入れた。

「あっ……」

軽く後孔の入り口を指で押しただけで、蓮見が切なげに眉根《まゆね》を寄せ、堪《こら》えきれない息を漏らす。秘められた場所を他人に触れられる羞恥に加え、今は全身が性感帯となり極端に感じやすくなっている。堪《たま》らないと蓮見が腰を揺らすのはよく理解できたが、海知は手を止められなかった。

たった一回の経験でも、海知の指がその先の行為を覚えている。海知は慎重に指先を中へと押し込んでいく。

「く……うぅ……」

指に押しだされた声が、蓮見の感じている圧迫感を教えていた。まずはその苦しさを取り除いてやりたくて、海知は慎重に中を探り、感じるポイントを探した。

「う……んっ……ああっ……」

海知の指がある一点に触れたとき、蓮見が腰を跳ねさせる。そこが一際感じるらしく、蓮見の喘《あえ》ぎが大きくなり、屹立《きつりつ》はひっきりなしに零れる先走りでなまめかしく濡れて光る。

海知はそこを指先で押しながら、さらにもう一本の指を中に収める。圧迫感は増しているはずだが、快感が上回っているのか、苦痛を訴える様子はない。

「は……あぁ……もっ……と……」

蓮見がもどかしげに腰を揺らめかせ、譫言《うわごと》のようにより強い刺激を求める言葉を口にした。

こんなふうに蓮見から求められて、海知に断る術《すべ》はない。すぐさま指を引き抜き、ジーンズのファスナーを下ろし、限界にまで張りつめた自身を引き出した。それから蓮見の両手の拘束を解く。今の蓮見に余裕などないだろうし、何より繋がるときは抱き合っていたかった。

両膝の裏に手を回し、後孔に屹立を押し当てると、蓮見の両手が海知の背中に回される。

海知はそれをきっかけにして、ゆっくりと腰を進めた。

「あ、ああっ……」

衝撃に蓮見が背をのけぞらせる。それでも背中に回した手が外されることはない。まるでしがみつくかのような力強さに後押しされ、海知は奥深くまで自身を沈めた。

狭くて熱い蓮見の中は、海知の屹立をしっかりと包み込む。危うくイキそうになる心地よさをどうにか堪え、蓮見の反応を窺う。一刻も早く動き出したくても、蓮見を苦しませることはしたくなかった。

「もう……目一杯……？」

動き出さない海知を荒い呼吸の蓮見が問いかける。それは挑発ではなく、合図だった。限界に近づいているのは二人とも同じで、早く達したいと願う気持ちも同じだ。

「まさか」

海知はたった一言だけの短い答えを口にするなり、激しく腰を突き上げた。

「あっ……いい……っ……」

指よりも大きくて硬いものに突かれ、蓮見が嬌声を上げる。その声が海知の動きをますます激しくさせた。ずり上がりそうになる蓮見の腰を摑んで引き戻し、屹立を奥に打ち付ける。

室内には二人分の息づかいと蓮見の嬌声、それに肌と肌がぶつかりあう音がひっきりなしに響いていた。

「やっ……いくっ……」

蓮見が限界だと発した声に合わせ、海知は自身を解き放つ。余裕がなくてコンドームを着けるのを忘れていたことに、このとき初めて気付いたが今更もうどうしようもない。おまけにほとんど同時に達した蓮見のものは、脱ぎ忘れていた海知のシャツにかかった。着替えなど何も用意していないが、そんなことよりも今は満足感でいっぱいだった。

蓮見を刺激しないよう、ゆっくりと腰を引き、萎《な》えた自身を抜き出す。よほど疲れたのか、蓮見はその間、されるがままで横になっている。海知はそばに投げ捨てていたシャツを拾い上げ、剝き出しの蓮見の下半身に覆い被せた。蓮見のためというよりも目のやり場に困る自分自身のためだ。

「大丈夫ですか？」

強気だったのは夢中だったときだけで、海知は様子を窺うようにして蓮見に尋ねる。

「珍しーく一日働いてさ、飲み会でさんざん飲んだ後にこれじゃ、そりゃ、疲れるって」

蓮見が喘ぎすぎて掠れた声で、抗議めいた言葉を口にする。

「すみません」

「ま、いいけどね。宣言どおり、頑張ってくれたことだし」

素直に頭を下げていた海知は、蓮見の言いぐさに慌てて頭を上げる。ニヤリと笑う口元にからかわれていたことに気付く。

「さっきまであんなに素直だったのに」

「こういう俺が好きなんじゃなかった？」

「自分で言わないでください」

図星を突かれ、海知がムッとして答えると、蓮見は楽しげに声を上げて笑う。

「今、何時？」

「三時前ですね」

海知はテレビの脇の置き時計を見て答える。打ち上げが終わってまっすぐここに来たから、三時間以上は経っている計算だ。

「明日も朝早いとか言われてなかった？」

「八時入りです」

「大変だ。お疲れさん」

既に収録が終わった蓮見はすっかり他人事で気楽な顔をしている。

「そのままの格好で行くわけには行かないから、一旦、家に帰ってたら、寝る時間がないん

「一日くらい寝なくても大丈夫ですよ。寝不足が顔に出ないタイプなんで」

「頑張るねぇ」

感心したように言いつつ、やはり完全に他人事の口調だ。しかも蓮見は俯《うつぶ》せに体勢を変え、這うようにして隣室に繋がる引き戸を開けた。海知の場所からでも隣の室内の様子は見て取れる。家具らしいものはベッドだけだから、寝室として使っているのだろう。

「まさか寝るつもりですか？」

「まさかってなんだよ。そりゃ、寝るでしょう」

蓮見が不服そうに反論してくる。蓮見から体力を奪うようなことをしたのは海知だ。自覚はあるが、せっかく気持ちが通じ合ったのに、もう少し余韻を楽しんでいたかった。

「明日、蓮見さんは休みなんですよね？」

「休みだけど、もうしない」

寝室に行かせないように引き戻そうとして、海知が伸ばした手を無情にも蓮見が叩いてはねのける。

「休みはゆっくりしたいの」

「俺がいるとゆっくりできませんか？」

「させる気なんてないくせに」

思わせぶりな台詞と意味深な視線を投げかけてくる蓮見に、海知は言葉を失う。体を繋げた直後だから、余計に艶めいて見えた。

「そこまで考えてませんでした」

「ホントに？」

「ホントです」

海知はムキになって否定する。自分ばかりが求めているように思われるのは恥ずかしいし、本当にそこまでは考えていなかったからだ。

「ならいいけど。セックスするのも随分とご無沙汰だったんだから、しばらくはゆっくりめで馴《な》らしていってもらわないと、体がもたないんだよ」

「ご無沙汰って……、俺が久しぶりの相手？」

「そ。二年、いや、三年ぶりかな。結構、めんどくさいからさ、中々、その気にならないんだよね」

さして気にしたふうもなく、蓮見はあっけらかんと自らの性生活を語る。面倒なのはセックスなのか、それとも人と付き合うことなのかはわからないが、どちらにせよ、面倒くさがりの蓮見がそれを押してでも海知を選んでくれたことが嬉しくて、にやける顔を堪えることができなかった。

エピローグ

新しく撮影に入ったドラマは、脇役のはずの海知の出番はかなり多く、準主役の扱いだった。マネージャーの松本が言うには、元々はそれほどの役所ではなかったのだが、前作『ブラザーズ』のヒットが影響して出番が増えたらしい。おかげで連日、朝からスタジオ入りする生活が続いている。

「椋木くん、今、ちょっといい？」

収録の合間、休憩スペースにいた海知のところに、『ブラザーズ』のプロデューサーである友永《ともなが》が訪ねてきた。

「お久しぶりです。まだ休憩に入ったばかりなんで大丈夫ですよ」

海知はそう言って隣の席を友永に勧める。

「早速、本題に入るけど、国木田くん主演で『ブラザーズ』の番外編を撮ることになってね」

「それはおめでとうございます」

「いやいや、主演の椋木くんのおかげですよ。元から企画してあったとはいえ、本編の視聴率がよくなければできないからね」

友永はプロデューサーらしく海知を持ち上げることは忘れない。

「それで、番外編でも椋木くんの出番はかなり多いんだけど、大丈夫かな？」

「とか言いながら、うちの事務所の許可はもう取ってあるんですよね？」

一般的にタレントのスケジュールは全て事務所が管理していて、こんなふうにプロデューサーから直接、打診をされることはほとんどない。あってもタレントが事務所の許可なく仕事を受けられないのは、友永ならよく知っているはずだ。海知は笑顔でそれを指摘した。

「正解。スケジュールは事務所管理ですから、その辺は抜かりありませんよ」

「なら、俺に問題ありませんよ。国木田さんと一緒に仕事ができるのは楽しいですし」

「岸井さんも楽しみだって言ってくれてるんだ。あの現場は本当に楽しかったよね」

友永はほんの一カ月前のことを懐かしむように遠い目をする。だが、海知は別のことに気付いた。さっきから友永は全く蓮見の名前を口にしない。国木田がメインで、海知にも岸井にも出演のオファーがあるなら、当然、蓮見にもあっていいはずだ。

「蓮見さんは出るんですよね？」

「残念ながら回想シーンだけの出演になる予定。彼のスケジュールを取るのは難しくてさ」

「もしかして、もう断られました？」

海知の問いかけを友永が苦笑いで認めた。蓮見のことをよく知っているからわかる。事務所ではなく、休みが減るのを嫌がって蓮見自身が断ったに違いない。

「ホントに残念だなぁ」

海知は若干、大袈裟《おおげさ》に残念そうに呟く。出演作を絞る蓮見とは、今度、いつ共演できるかわからない。恋人になったこととは関係なく、純粋に一人の役者として蓮見と共演したかった。だから、友永の気持ちを変えさせようと言葉を探す。

「いくら番外編でも、やっぱり兄弟三人が揃って出たほうがいいような気がしますけど……。兄弟とか家族の絆《きずな》を表現したドラマだったわけですし」

「それはそうなんだよね」

まだ台本はできていないのか、一度は諦《あきら》めたはずの蓮見の出演を友永が迷い始めている。

海知はもう一押しだと確認を求めるような疑問を投げかける。

「長男の人気も高かったって聞いてますよ?」

海知の言葉を受け、確かに、と友永が小さな声で呟く。長男の人気も高いと聞いたのは蓮見からだったが、間違った情報ではなかったようだ。

「よし、決めた。ここは諦めないで、蓮見くんを説得してみるよ」

「頑張ってください」

「椋木くんも撮影、頑張って。邪魔して悪かったね」

早々に立ち去る友永の後ろ姿を見送りながら、海知の口元には自然と笑みが浮かぶ。友永がその気になれば、実現させるだけの力はある。近い将来の再びの共演を楽しみにしながら、海知は今の撮影に集中した。

だから、メールに気付くのが遅れた。今の役柄が特殊なため、できるだけ現実に戻らないよう、収録中は携帯電話は見ないと決めていたのだ。一日の収録が終わった午後九時過ぎ、海知はようやく携帯電話をチェックする。

電話が何本かあったのと数人からメールも届いていた。その中の一つ、送信者の名前を確認した海知の指が止まる。蓮見からのメールだ。海知は真っ先にそのメールから目を通した。

『急に仕事が増えたんだけど、お前が何か企んだんだろ？』

さすがは友永だ。高視聴率を叩きだしたドラマのプロデューサーだけあって、行動が早い。メールの送信時刻が夕方だから、友永は海知と別れた後、すぐに蓮見の事務所と出演交渉を始めたに違いない。そして、事務所が蓮見の意向を無視してでも、出演を引き受けたくなるような交換条件を持ち出したのだろう。例えば、同じ事務所所属の他のタレントも出演させるとかそういったことだ。

どんな返事をしようか、海知は携帯電話を手に考える。友永をけしかけた事実を隠すつもりはないが、メールであれこれ説明するよりは会って話したい。だから、結局、これから行くとだけ返信した。

スタジオを飛び出し、タクシーで蓮見のマンションへと急ぐ。この一カ月ですっかり通い慣れた道のりを走る車内で、再び携帯電話を確認するが蓮見からの返信はない。海知が訪ねることが嫌ならとっくにメールで断られるだろうから、来てもいいという無言の了解だ。まだまだ短い付き合いだが、徐々に蓮見のことがわかってきた。それに今週は仕事を入れていないと言っていたから、自宅でゲーム三昧《ざんまい》のはずだ。

四十分弱で着いた蓮見のマンション、階段を早足で上がり、部屋のインターホンを押す。

「言い訳しに来たのかな？」

だらっとした部屋着で出迎えた蓮見が、皮肉っぽい笑みを浮かべて問いかけてくる。

「なんで俺が言い訳なんてしなくちゃいけないんです？」

部屋に上がりながら、海知は逆に問い返した。

「一度は断ったはずなんだけどね。俺がいなくてもストーリー上、問題ないってことでさ」

「俺はただどうしたらよりドラマが面白くなるかを提案しただけですよ」

「やっぱりお前が原因じゃないか」

テレビの前、いつもの場所に腰を下ろした蓮見が、下から海知を睨んでくる。けれど、本気で怒ったような空気は感じられない。

「でも、結局、引き受けたってことは、ちゃんと代わりの休みは取ったんですよね？」

「当然。俺はお前みたいに働き者じゃないもーん」

蓮見は同業者とは思えない他人事の台詞を冗談めいた口調で吐き出す。頻繁にこの部屋を訪ねるようにはなっていたが、いつも仕事帰りで次の日も仕事だと早々に帰ってばかりだった。蓮見の台詞はそれを指してのことに違いない。

「仕事があるうちが花ですからね」

「若いうちからそんな殊勝なこと言ってると、年取ってもこき使われるよ？」

「年取ってからも仕事があるならいいじゃないですか」

「そういう奴がいるから、俺の評判がますます下がるんじゃん」

蓮見が不満げに唇を尖らせてみせる。もっともこれもただのポーズだ。他人の評判を気にするような男でないことは、海知ではなくても業界の人間なら誰でも知っている。それも実力があるからこそだろう。

「でもよかったです。また共演できて」

「お前って、ホントに俺のファンなのな」

「ずっとそう言ってたはずですけど？」

海知が堂々と認めると、蓮見は呆れたように溜息を吐く。

「だったらさ、プロデューサーに入れ知恵なんてせこいことするんじゃなくて、もっと売れっ子になって共演者を指名してみれば？」

蓮見得意の挑発が始まった。毎回、勢いで乗せられてしまうが、今日は違う。海知ははっきりと自分の意思で答えた。

「なってみせますよ」

「おっ、でかいこと言い切るじゃん」

ツボに入ったのか、蓮見が声を上げて笑った。

目的は売れっ子になることでも、共演者を指名することでもなく、蓮見と肩を並べられるくらいの役者になることだ。そうすれば結果はおのずとついてくるだろう。

今はまだ蓮見の背中しか見えないが、いつかは隣に立っても遜色《そんしょく》ない役者になりたい。

そして、そのときには、恋人として蓮見に喜んでもらいたい。海知は心からそう願った。

あとがき

こんにちは、そして、はじめまして。いおかいつきと申します。

このたびは『恋するシナリオ』を手にとっていただき、誠にありがとうございます。

今回の話は芸能界ものです。過去に何度か書いたことはあるものの、受攻ともに役者というのは初めてで、おかげで新鮮さを感じながら書くことができました。おまけに大好物の年下攻！　非常に楽しかったです。


普段、連続ドラマはリアルタイムでは見ずに、全話終わってから纏めて見ることのほうが多いのですが、この原稿の最中は雰囲気を味わおうと毎週、見るようにしておりました。海知はポジション的に誰だろうとか、蓮見はこの人辺りかなとか、そういう妄想をするのも楽しかったです。


挿絵をお引き受け下さいました織田涼歌様、美しく、かつ色気たっぷりの二人をありがとうございました。私にとっては初めてと言っていいくらいの表紙の肌色比率大増量、眼福でございました。

タイトルまで考えてくださった担当様、いろいろとご迷惑をおかけして申し訳ありませんでした。最後まで書き上げることができたのは、褒め上手乗せ上手の担当様のおかげです。本当にありがとうございました。
そして、最後にもう一度。この本を手にしてくださった方へ、最大の感謝を込めて、ありがとうございました。

二〇一一年四月　いおかいつき

✦初出　恋するシナリオ……………書き下ろし

いおかいつき先生、緒田涼歌先生へのお便り、本作品に関するご意見、ご感想などは
〒151-0051 東京都渋谷区千駄ヶ谷 4-9-7
幻冬舎コミックス　ルチル文庫「恋するシナリオ」係まで。

幻冬舎ルチル文庫
恋するシナリオ

2011年5月20日　　第1刷発行

✦著者	いおかいつき
✦発行人	伊藤嘉彦
✦発行元	株式会社 幻冬舎コミックス 〒151-0051 東京都渋谷区千駄ヶ谷 4-9-7 電話 03(5411)6432[編集]
✦発売元	株式会社 幻冬舎 〒151-0051 東京都渋谷区千駄ヶ谷 4-9-7 電話 03(5411)6222[営業] 振替 00120-8-767643
✦印刷・製本所	中央精版印刷株式会社

✦検印廃止

ISBN978-4-344-82242-9　C0193　Printed in Japan